150cm Life 2

高木直子◎圖文
常純敏◎譯

今天依然是150cm。

可以藏在隔板下方。
啊，S小姐
拍謝，幫我倒杯茶好不好？
以前在公司上班時
←…S小姐
悄悄～～

抬神轎的時候，超級輕鬆。
嘿咻
嘿咻
嘿咻
祭
祭
祭
祭
根本就沒有碰到肩膀

前　言

《150cm Life》第二集終於出版了。

我的身高依舊，沒有變高也沒有變矮，

天天過著 150cm 的生活。

雖然早就習慣了自己的身高，但還是經常發生令人驚訝、

爆笑，或者沮喪的事件。

每次遇到身高相同的人就會：

「我們差不多高ㄋㄟ～呵呵呵。」

用這種方式來代替招呼。

就差那麼一點點卻摸不到，

只好苦笑著去找專用的踏腳墊。

偶然發現合身的衣服而欣喜若狂……等等。
這次也畫了許多 150cm 生活裡的瑣碎小事。
另外，也特別去訪問和服店、
請教美容師小姐，
打聽到許多有用的情報，
希望能造福各位讀者朋友呦～
好啦，最後希望大家都能看得開心囉。

Contents

Contents

我（高木直子）

身高150cm。
身材嬌小，血型O型。
容易心情低落，但馬上就忘了。
唯一不敢吃的東西是海鞘。

基肯

白色的來亨公雞。
喜歡吃玉蜀黍。
喜歡吃飯，但更喜歡睡午覺。
喜歡窩在家裡。

哈~啊~
真閒耶~
抓抓
搔搔
除了打呵欠就沒事做了。
噗~
……另外還有放屁啦~

Chapter.1

150 cm in 交通工具

對於身高150cm的我來說
沙丁魚電車是
很可怕的交通工具……
總是、總是被壓得扁扁的……

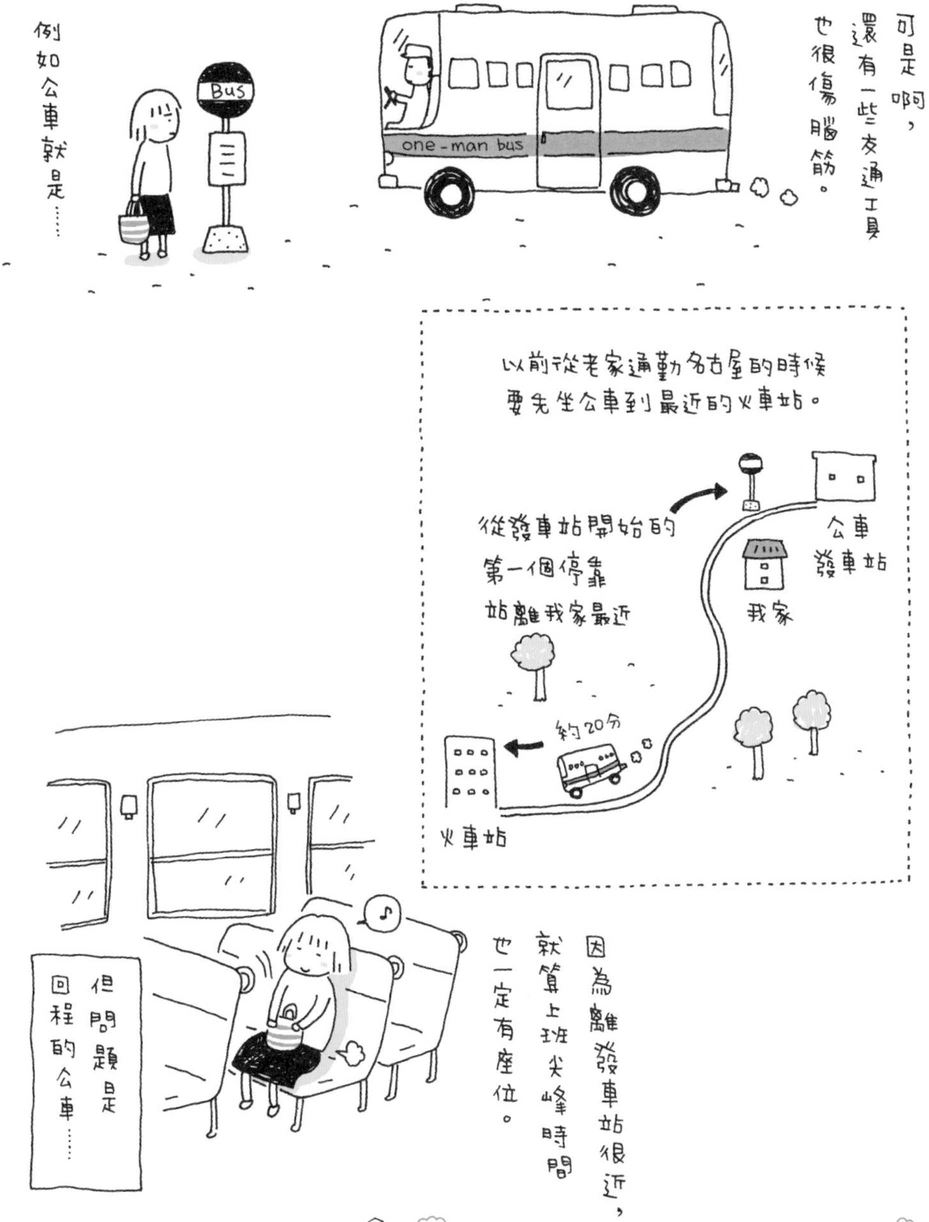

可是啊，還有一些交通工具也很傷腦筋。
one-man bus
Bus
例如公車就是……
以前從老家通勤名古屋的時候
要先坐公車到最近的火車站。
從發車站開始的
第一個停靠
站離我家最近
公車
發車站
我家
約20分
火車站
因為離發車站很近，
就算上班尖峰時間
也一定有座位。
但問題是
回程的公車……

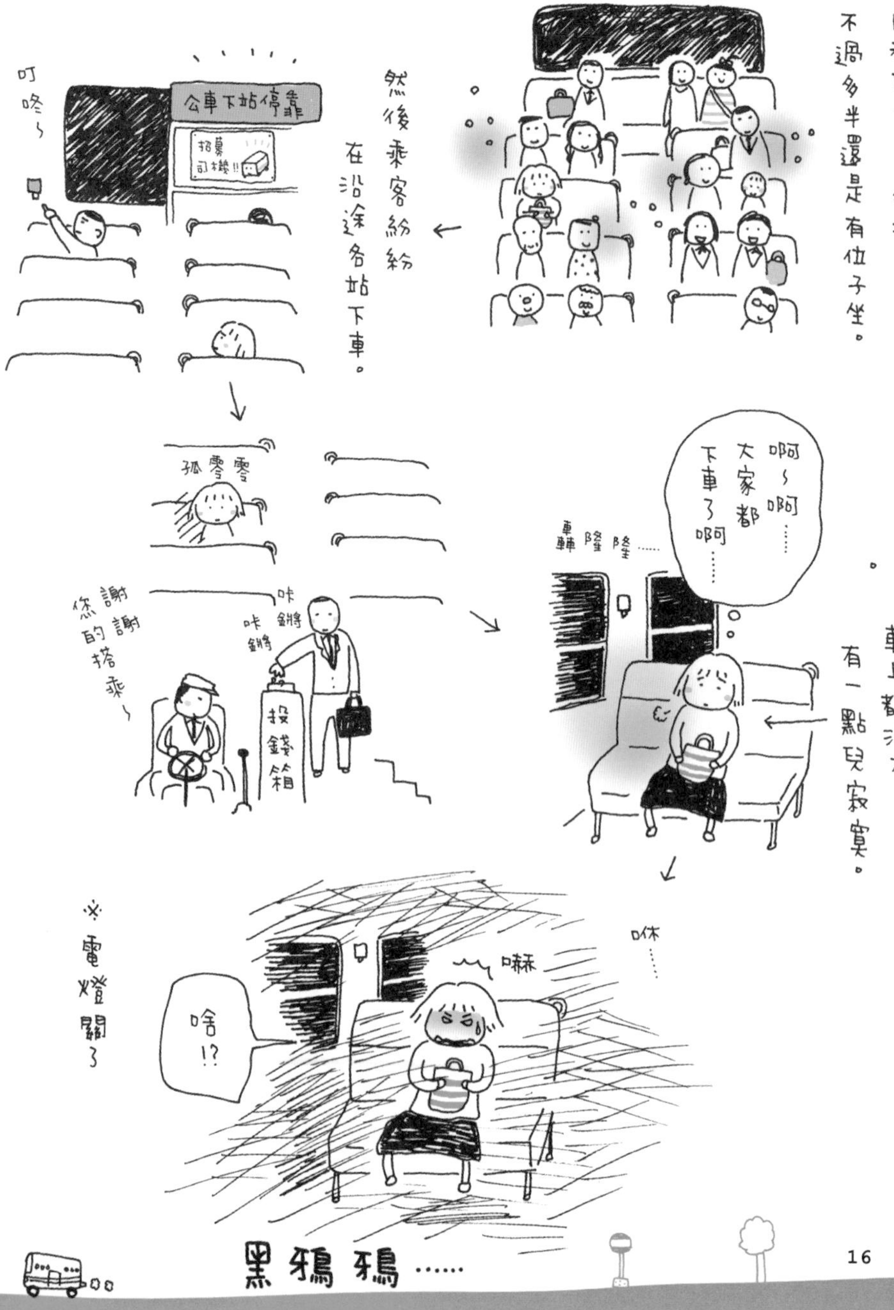

回程的公車也很擠，
不過多半還是有位子坐。
然後乘客紛紛
在沿途各站下車。
公車下站停靠
招募司機!!
叮咚～
孤零零
您的搭乘～
謝謝
咔鏘
咔鏘
投錢箱
轟隆隆……
啊～啊……
大家都
下車了啊……
車上都沒有人，
有一點兒寂寞。
※電燈關了
咻……
嚇
啥!?
黑鴉鴉……

轉來轉去
終站指示牌
也開始變換了
招募司機!!
哎……哎喲!?
妳還在啊!?
咻赤
投錢箱
那……那個……
不好意思……
抱謝啦！
我沒看到妳……
咔鏘
咔鏘
算了……
我比一般人矮小，
所以司機常常會看漏，
這種悲劇已經
發生過兩次了。
跟上面故事沒啥關係，
但我坐公車時偶爾會……
只要公車上剩我一個人，
我就會做些小動作。
例如：坐到靠走道的位子，
讓司機比較容易看到……
嗄
嗄……
還有我呦。
移動時故意
弄出聲響……
好想按按看
車頂的
下車鈴……
根本
摸不著

搭新幹線回老家時也有一些傷腦筋的事情。
名古屋
我大概都是坐HIKARI號的自由席。
轟隆隆……
名古屋—東京區間有時也會停靠靜岡或新橫濱車站等等。
轟隆隆……
乘客還真多哪……
大排長龍~
靜岡
靜岡~靜岡站到了~

＊譯註：日本新幹線分為沒有劃位的「自由席」和對號入座的「指定席」。

中途上車的自由席乘客就得拼命搜尋空位。
應該沒有雙人座位了吧……
這裡有人坐嗎？
鰻魚派
沒有
喔!!這裡有空位呦!!
啊!
太棒啦!
不行啦~已經有人坐了~
……

對……從後面看的話，
我坐的位子
這裡
那裡有空位♥
就好像沒有人坐……
課長～
這裡有兩個空位呢～～!!
有人……
啊
……
經常讓其他人大失所望……
為了防止中途上車的朋友遭受打擊，
每當到了沿途停靠站……
我就努力挺直腰桿兒……
摳摳
抓抓
有人喲
繃緊
或者故意抓抓腦袋……
像這樣做一點小小的努力。
結束

Chapter.2

150cm in 站立演唱會

……前篇……

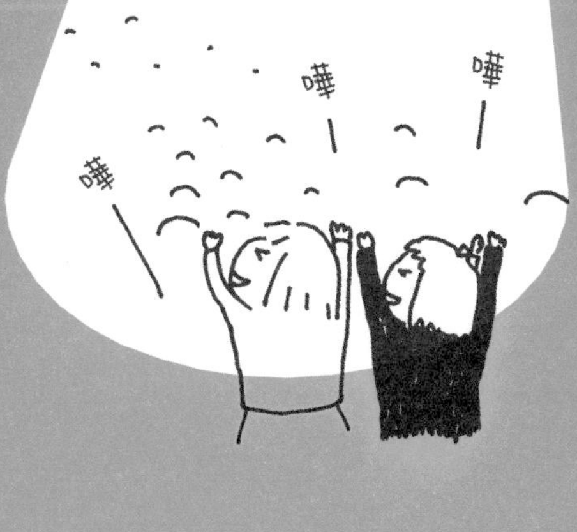

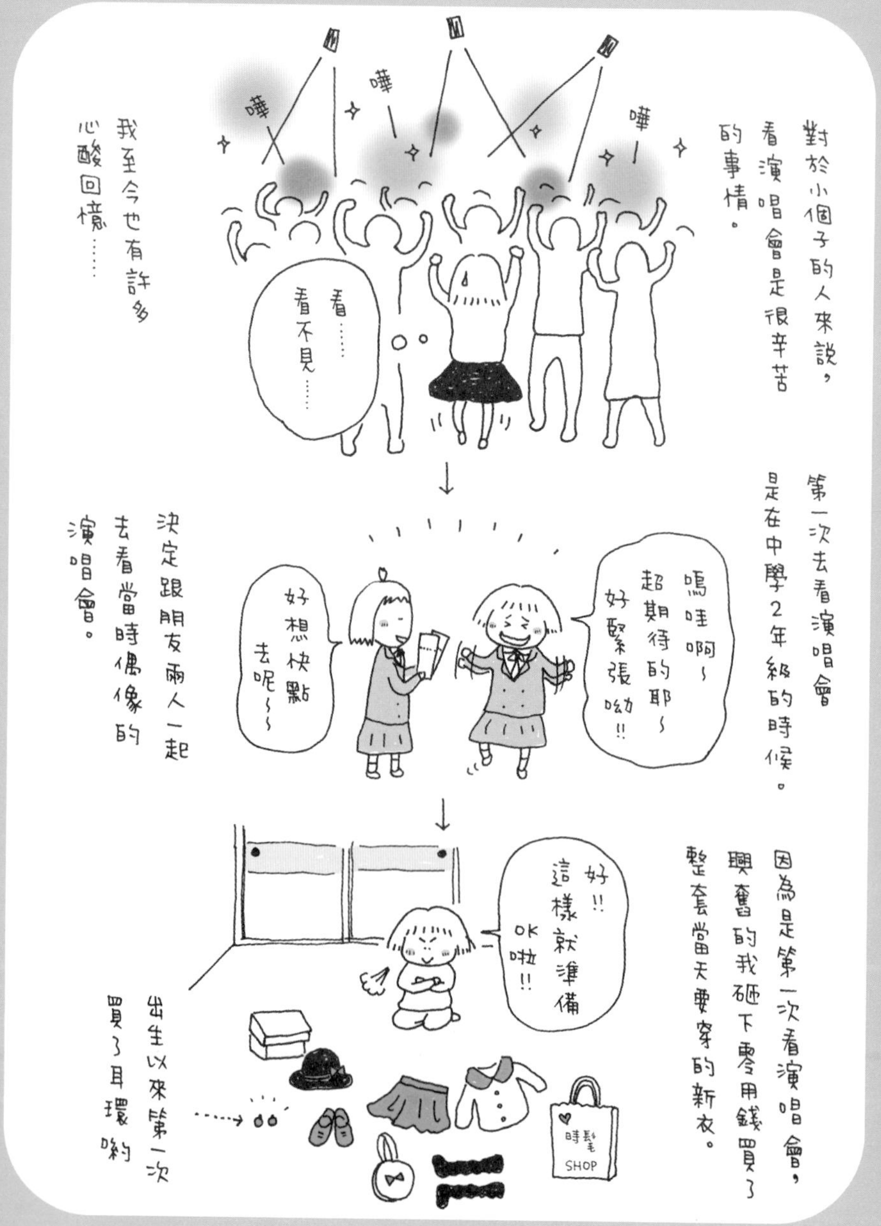
對於小個子的人來說，看演唱會是很辛苦的事情。
嘩—
嘩—
嘩—
看……看不見……
我至今也有許多心酸回憶……
第一次去看演唱會是在中學2年級的時候。
嗚哇啊~超期待的耶~好緊張喲!!
好想快點去呢~~
決定跟朋友兩人一起去看當時偶像的演唱會。
因為是第一次看演唱會，興奮的我砸下零用錢買了整套當天要穿的新衣。
好!!這樣就準備OK啦!!
時髦 SHOP
出生以來第一次買了耳環喲

接下來的每一天都滿心期待演唱會的到來。
嘿嘿嘿……還有17天就是演唱會了~♥
不過，有一件事情讓我擔心不已。
位子在三樓……小個子的我看得到舞台嗎……
唔……
當時我的身高還不到150cm
門票
好不容易可以去看演唱會，如果被前排的頭擋住，那真的很哀耶~~!!
說個題外話，當時的我模仿小叮噹睡在櫃子裡……

我左思右想，終於想到了……
喂～喂～帶個踏腳墊去演唱會妳覺得如何？比如浴室的板凳啦～
好像不錯耶
某個同學聽見我們的對話後說道：
那種東西不行啦!! 進場時會檢查包包耶!!
如果帶了奇奇怪怪的東西，就進不去了喔!!
啥～～
對啊……拿著板凳好像真的很可疑耶……
發呆～
不入虎穴焉得虎子
什麼東西可以當成踏腳墊，看起來又不會很怪呢……真的沒有嗎……

期待已久的演唱會終於來臨。
經過深思熟慮後，
我帶去的東西是……
轟隆
蝴蝶結
哈囉黃頁本
大都市指南
漫畫雜誌
電話簿
(厚度約5cm，重量約1.5kg)
這個既不會被工作人員懷疑，
也可以當作踏腳墊呢。
這樣用
大都市指南
真的不會被懷疑嗎……
咔嗒……
轟隆……
我帶了三本來呦~萬一妳看不到，我也可以借妳一本哪。
啊……嗯。
大都市
咔嗒……
轟隆……

但演唱會會場很遠，扛著沉重的電話簿實在很累……
名鐵線
月台
名古屋名產 扁麵
最佳伴手禮!!
嘿～～咻～
沉重～
妳行嗎？拿得動嗎？
轉了一個半鐘頭的電車後，終於抵達會場……也安然通過了隨身物品檢查。
嗯～
磁咚
大都市指南
STAFF
怎麼會有電話簿？
演唱會終於開始了。我們的位置在三樓，雖然離舞台很遠，但還是看得很清楚。
嘩
嘩
嘩
台上的人非常小

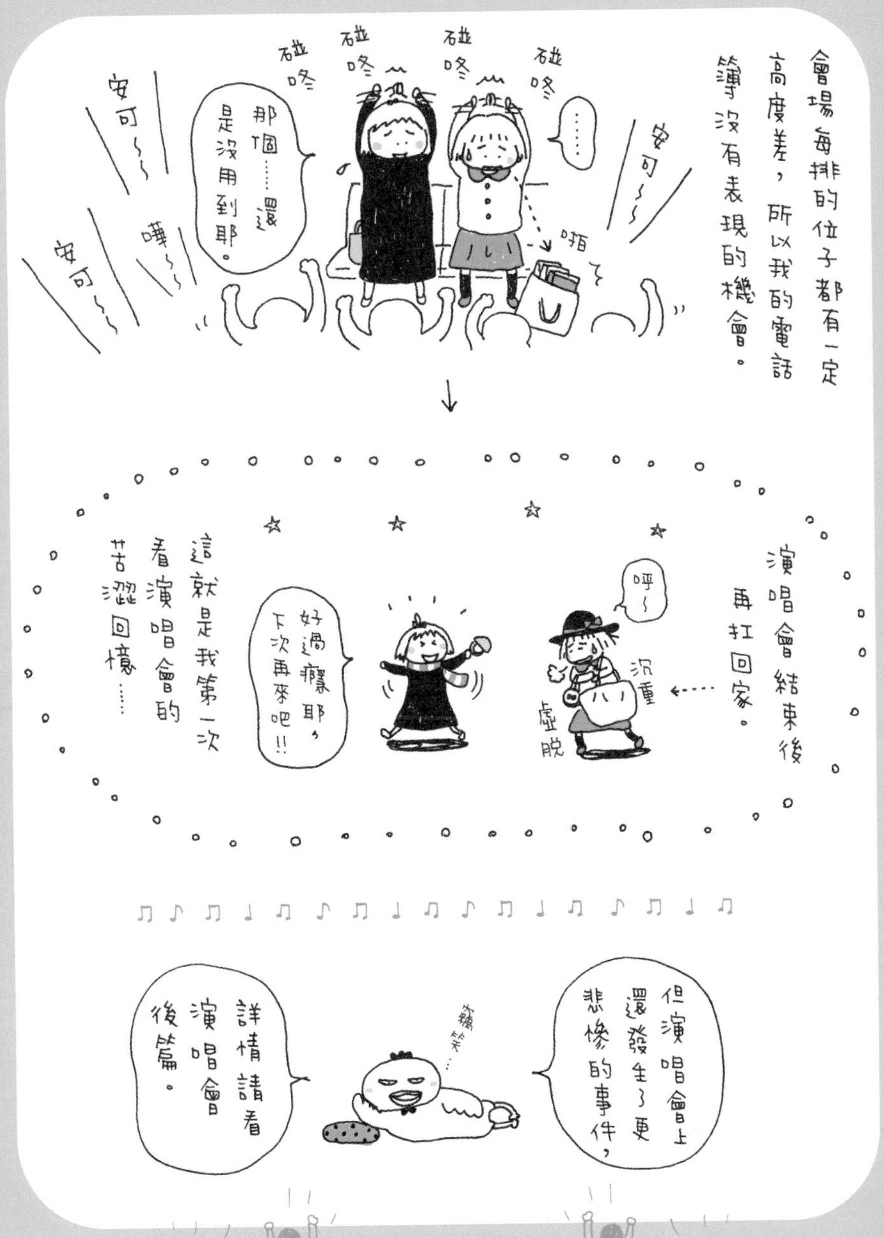
會場每排的位子都有一定高度差，所以我的電話簿沒有表現的機會。
碰咚
碰咚
碰咚
碰咚
……
那個……還是沒用到耶。
安可~
安可~~
嘩~~
安可~~~
啪
演唱會結束後再扛回家。
呼~
沉重
虛脫
好過癮耶，下次再來吧!!
這就是我第一次看演唱會的苦澀回憶……
但演唱會上還發生了更悲慘的事件，
竊笑…
詳情請看演唱會後篇。

把衣帽掛到衣架上。

Chapter.3

150 cm in 站立演唱會

……後篇……

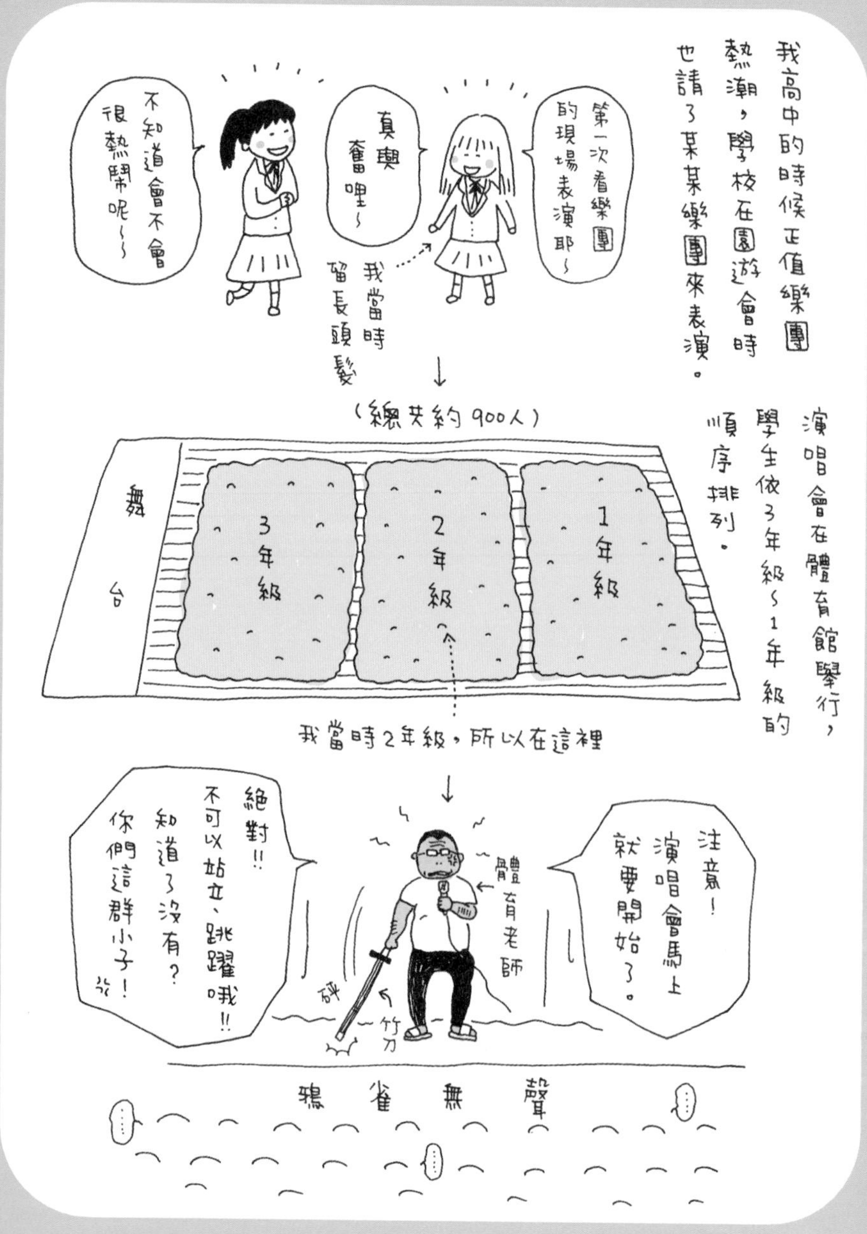
我高中的時候正值樂團熱潮，學校在園遊會時也請了某某樂團來表演。
第一次看樂團的現場表演耶～
真興奮哩～
不知道會不會很熱鬧呢～～
我當時留長頭髮
（總共約900人）
演唱會在體育館舉行，學生依3年級～1年級的順序排列。
舞台
3年級
2年級
1年級
我當時2年級，所以在這裡
注意！演唱會馬上就要開始了。
絕對!!不可以站立、跳躍哦!!知道了沒有？你們這群小子！
體育老師
碎
竹刀
鴉雀無聲

演唱會於是就在莊嚴的氣氛下揭幕。
Hey !! ○○高中的各位同學～!!
校歌
鏘～～
鏘
鏘
體育
啪
啪
啪
啪
啪
鏘
鏘
鏘
看不清楚耶……
嗯～～
曲腿坐著
剛開始，學生們都聽老師的吩咐乖乖坐著。
鏘～
鏘
鏘～

可是不知唱完
第幾首歌時……
OK! Come on!!
嗄～嗚～
哇～
嘩～
呀～
突然有幾位同學
站了起來……
體育
接著許多學生
開始衝向舞台。
嘩～
啪嗒
嗚喔～～
啪嗒啪嗒
啊啊……
然後我跟同學也
忍不住向前衝。
不……得了了!!
我們也趕快到
前面去啦!!
嗯!!
哇～
嘩～
沒興趣的同學
還是坐在地上看

但前面已經是人山人海了。
鏘~
啊啊啊啊~
嘩~~
擠
嘩~~
嘩~~
擠
擠
擠
擠
噢耶~
哇~
哇~
嘩~~
哇~
會嗎？很熱鬧嘛!!
嘩~
怎……怎麼辦？變得好可怕耶……
看不見!!
演唱會的秩序嚴重走樣……
咻~咻~
哇~
噢~
咻
咻
咻
嗚喔~
騎在別人肩上
BIO
脫下制服揮舞的男生
扭來扭去
嘩~
嘩~
青春高中生的情緒越來越高漲……

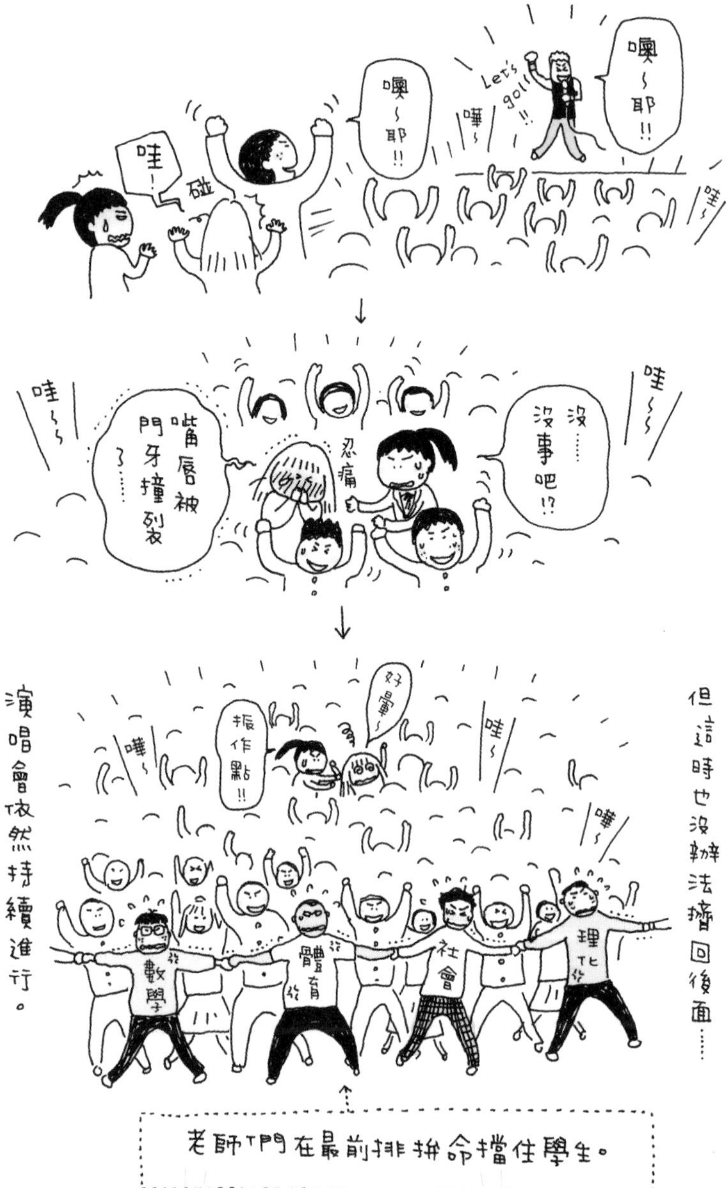

噢~耶!!
Let's go!!
嘩~
噢~耶!!
哇!
碰
嘩~
哇~~
嘴唇被門牙撞裂了……
忍痛
沒……沒事吧!?
哇~~
演唱會依然持續進行。
嘩~
振作點!!
好暈~
哇~
嘩~
數學
體育
社會
理化
但這時也沒辦法擠回後面……
老師們在最前排拼命擋住學生。

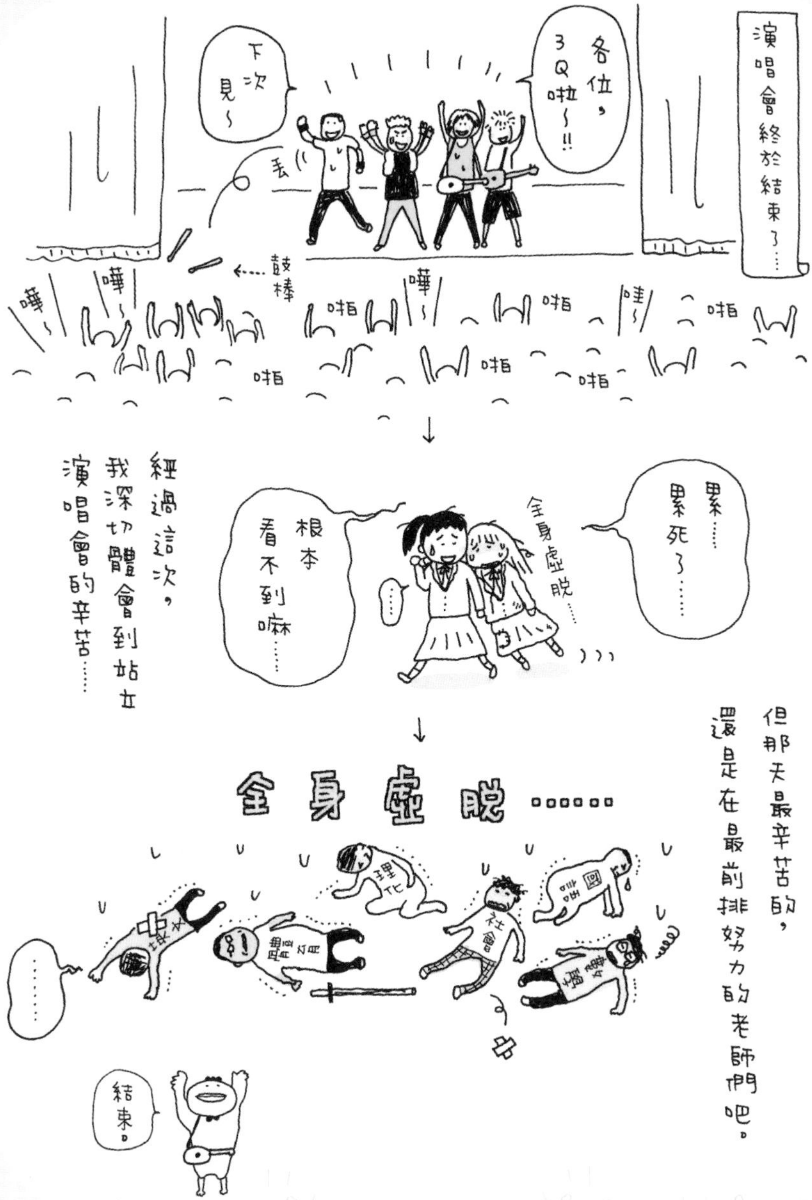
演唱會終於結束了……
各位，3Q啦～!!
下次見～
丟
鼓棒
嘩～
嘩～
啪
啪
啪
經過這次，我深切體會到站立演唱會的辛苦……
累……累死了……
全身虛脫……
根本看不到嘛……
……
全身虛脫……
但那天最辛苦的，還是在最前排努力的老師們吧。
……
結束。

把茶壺裡的麥茶倒進水瓶。

Chapter.4

150 cm 看牙醫

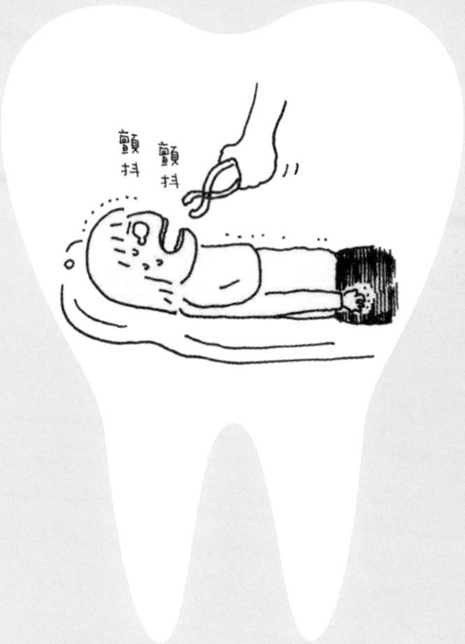

嗚嗚嗚……昨天智齒突然痛起來啦~~
又痠又痛
咔哩咔哩
巧克力
那就趕快去看牙醫嘛。
所以，時隔數年我又去看牙醫了……
看牙醫好可怕耶……
又痛又痠
又痠又痛
笑咪咪牙科
CAFE
那麼我先看看您的牙齒吧！
咔嗒
椅子要向後倒了喔~
好……
七上八下
嘰~~
啊啊~不好意思，您可不可以再上來一點呢……
啊

話說回來……上美容院時好像也發生過類似情況……
拍謝哩！請妳再往上一點～
在沖水台時
扭來扭去
好！這裡就可以囉～～
啊啊……智齒壓到旁邊的臼齒了，應該很痛吧……
這個拔掉可能比較好喲……
吃驚
我們先照個X光吧。
啊啊～
果然要拔牙啊
X光室
請到這裡來～～
啪嗒啪嗒

請您將下巴放到前方台子上，用額頭抵住架子。
嘴裡咬著像是紗布的東西
身上披著一件很重的圍巾
沉重……
那給……瞎發是浮沙葉揑……
沒辦法正確發音
(那個……下巴放不上去耶……)
啊……不好意思，
砰咚
我把台子放下來一點哦～
那給……瞎發四是沙葉溜，淡四偶斗黑四……
(那個……下巴是放上去了，但是額頭還是……)
啊……好像還是太高啊，
碰咚!
我再放低一點好了。

幾番折騰後，終於照完X光……
嗯~~其他的牙齒看來沒問題，所以……
也沒有蛀牙
應該只要拔一顆就好了。
哈……
那我先幫您上麻醉吧。
椅子要向後倒了喔~
咔嗒
嘰~~
扭來扭去
好……好！這次先自己往上爬一點吧……
啊……不好意思，您可不可以再上來一點呢……
啥……還不夠高啊？
我……我不甘心!!
麻醉生效後，終於要拔牙了……
那麼，我要拔了喔~
如果會痛的話，請舉起右手來喔~
顫抖
顫抖
哇~!!
咔嚓

咦……好了？
一點都不痛耶……
但流血了
滴落
喔喔~~牙根也很完整，真是又大又強壯的智齒哪!!
要不要帶回去做紀念？
……於是，醫生把牙齒放進一個很可愛的牙齒形狀的盒子裡。
嘿嘿嘿~醫生誇獎我的牙齒很棒呢
欣喜雀躍
鏘鏘鏘鏘~
你看你看~~我的智齒可是又大又強壯呢~~
怎麼樣啊？裝飾在哪兒比較好呢？
……快丟掉啦。
結束
咔哩

Chapter.5

失敗 of 150 cm T恤篇

天氣變暖和了，也到了穿T恤的時候了啊～～
嗯～～不過要找一件中意的還真不容易呢……
每件不都一樣嘛。
快回家啦～
LOVE
STORE
喔～～!! 這件好可愛耶!!
好想買喲～～
可……可愛嗎？
TORA
STORE
但回家試穿後卻發現……
這個雖然很可愛啦～～
不過下襬好像長了一點耶……
喔喔～♡
TORA
POP CORN
STORE
CASUAL SHOP

下襬太長的話，總覺得很老土耶～
特地穿了T恤，卻一點活力也沒有呢……
那樣的話，
咔哩 咔哩
咔滋 咔滋
乾脆就把下襬紮進裙子裡嘛～
TORA
POP CORN
耍笨啊!!
塞緊
現在還有誰會這樣穿啦～!!
喔喔～
90年代初期曾經流行的「上衣紮進褲頭」穿法
雖然這樣也不是說不能穿～
嘀嘀 咕咕
嘀咕
但真的是遜爆了呢……
呼～～
嚕～～

第二天……
妳在幹啥？
因為覺得下襬太長了嘛，
咔嚓 咔嚓
所以想要自己來改改看囉～～
TORA
ㄟ～～!? 妳搞得定嗎～～？
又沒裁縫機說……
沒問題啦！不過縫縫直線而已。
先用熨斗燙出摺痕……
咦～～？好像歪歪的耶，
棉布軟趴趴的，好難縫哦……
哇哈哈……
POP CORN

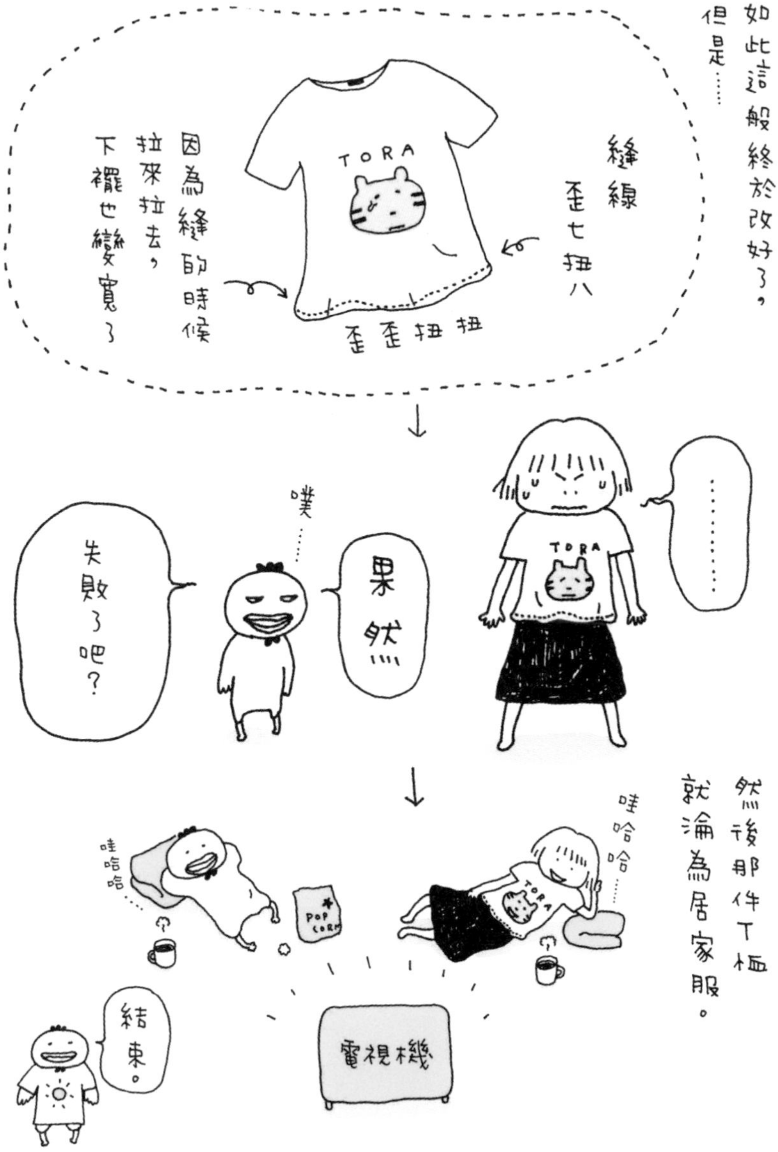
如此這般終於改好了，
但是……
縫線歪七扭八
因為縫的時候拉來拉去，
下襬也變寬了
歪歪扭扭
TORA
……
噗……
果然
失敗了吧？
然後那件T恤
就淪為居家服。
哇哈哈……
哇哈哈……
POP CORN
電視機
結束。

濕潤～～
搖晃……
軟倒
要吃的時候才發現已經沒了。
餅乾
嗚嗚嗚……

Chapter.6

失敗 of 150 cm 圍裙篇

去年生日時發生的事件。
喂～妳想要什麼生日禮物？
朋友
聽妳這麼一說……家裡的圍裙也破破爛爛的了，
想要一件新圍裙吧～
樣式就交給妳決定吧，
拜託選一件適合我的女性化圍裙囉！
朋友
……好啦。
雖然我這樣諄諄告誡……
啥米碗糕？都說要女性化一點的，
怎麼會買這麼「矬」的圍裙嘛……
有點像救生衣……
生日快樂

喂～這是朋友送我的圍裙，
會不會有點像小孩子穿的啊？
嗯～我想想……
人家其實想要更成熟一點的哪～
就像這種咖啡廳風格的圍裙
還咖揮廳咧！
咿喔喔～
因為這樣，之後就開始偷偷尋覓我的夢想圍裙。
FANCY SHOP
顏色還是選黑色吧～
東張
西望
COFFEE
哪裡有簡單大方的咖啡廳圍裙呢？
還在作夢喔……
OPEN

後來在某間生活雜貨鋪裡找到了。
展開後的形狀如左
Black
free size
呦～這件很讚嘛!!
就買這件吧!!
回家拆開來後卻發現……搞什麼飛機!?
超～長～這麼大!!
超～長～
喔喔～～
哇哈哈
雖然上面寫Free Size……
但實在沒想到會這麼大件……
妳可別小看Free Size啊!

最後只好把圍裙摺起來
嘿咻
再用繩子綁起來，但……
纏緊
纏緊
在前面打結
咦……
鼓起
咖啡廳裡……
竊笑
會有這種服務生嗎？
結果還不是穿回原來那件？
就說那件比較好嘛!!
我看是朋友比妳自己更了解妳的型吧？
可能吧……
呵呵呵……
滋……
滋……

後來我每天都穿這件圍裙，
現在已經很中意了……

但還是有一件困擾的事……

腰繩的位置剛好
跟門把一樣高，
所以常常被門勾住，
嚇掉半條魂……

很認真的幫大夥兒問了喲！

向美容師打聽「髮型祕訣」

我高中時留著一頭超級長髮。
超～長～
唉！
如今回頭看當時的照片，就會覺得很沉重、突兀、不協調……

自從萌生「還是短髮好耶～」的想法，把頭髮剪短後，就一直維持齊肩短髮。
嗯～～
因為也想試試其他成熟一點兒的髮型，就去請教美容師。
拜託你了。
美容師小姐
哪裡哪裡。

有適合小個子的髮型嗎？
我想想看……如果考慮協調感的話，短髮是適合所有人的首選吧～最近也有許多流行的短髮造型喔！
短短的短髮
髮尾稍長的短髮
招牌馬桶蓋

呼
短髮的我

但就算是長髮，只要修剪、打薄臉部周圍的頭髮，也很適合喲!!
重點是從耳朵到臉頰的輕薄感
也可以整個綁到後面
超～長～
原來如此……臉部周圍啊……

也可以利用染髮營造輕盈感。
跟黑色相比，茶褐色看起來比較輕盈。
但不是偏黃的茶褐色，而是稍帶亮度的深棕色……
把頭頂表面染亮一點兒，比較有立體感，顯得更輕盈。
臉部周圍維持黑色，可以讓臉頰顯得瘦削，有「瘦臉」效果喲!!
噢～～真是深奧哪……

改變前額的髮型也可以改變印象喲～
短一點
元氣!!
可愛!!
長一點
成熟!!
重點是髮線不可以分得太明顯。
太明顯就會變成西裝頭囉!!

如果我要參加派對，要更成熟一點的話怎麼辦？
要簡單的方法喔……
可以把前髮往旁邊梳，讓兩側更清爽……
不是隨便旁分，而是整個抓到耳後。
用髮夾或髮蠟固定!!
用小花髮圈斜斜地綁起來，既簡單又好看喲~~
綁緊
清爽一點的髮型會顯得比較成熟。
我早上頭髮都翹得很厲害……
翹翹~
總是只有右邊翹……
頭髮剪短後特別翹……
最好狠下心來把頭髮全部打濕喔!!
早上頭髮會翹其實不是因為髮尖翹，而是髮根倒下來了呢!!
必須把這裡的頭髮弄直
頭
髮
嫌淋浴麻煩的話，也可以用蒸氣來蒸，總之先將髮根弄濕，再把它吹直吧。
呼~
可以用「超吸水毛巾」包住頭，妝化好以後頭髮也快要乾了，吹頭更輕鬆哦!!
原來如此啊
尷尬
只顧著打濕髮尾，還用髮卷把髮尾捲起來的傻瓜……

身材嬌小的人當然最好避免比較厚重的髮型……
大鬈長髮
超～長～
清湯掛麵
超～長～
這裡有寬度的話，就很不協調……
唉……就是過去的我嘛……
但也不是一定不行，如果符合那個人的風格，有時候也是OK的呦。
人家是跳草裙舞的嘛!!當然要留大鬈長髮囉!!
呵呵呵……
頭髮是女人的生命……不管別人怎麼說，我絕不剪短……
這樣也很有個人風格哩～
個性萬歲!!
還有「忍耐」也是很重要的呦!!愛美就要忍!!
不管前髮多礙事，要忍耐!!
……
刺痛
刺痛
不管早上多趕，把頭髮弄濕!!
哎呦～
唰～
說的也是哪……
我會努力的……
結束♥

向美容師打聽「化妝祕訣」

我不太會化妝……
皮膚很敏感，立刻就會發癢
化妝品又很貴……
種類多到分不清……
也不覺得自己的臉適合化妝……
有些人不化妝也很漂亮……
化妝品賣場又很可怕……
歡迎光臨～
看起來非常刺眼……
因為種種理由，我一直很怕化妝……
話雖如此，我平常其實已經很努力在化妝了……
妳好像都沒有上妝耶～
不化妝嗎？
咦!?
我已經化了啊……
粉底也上了，腮紅也塗了，眉毛也畫了……
我的妝淡到經常會有人這樣問……
雖然我也覺得平常淡妝就夠了，但有時也會想要換個耀眼一點的妝……
PM 9:00
那個……明天要參加朋友的婚宴……
教我化成熟一點的妝吧!!
明……明天嗎……
如此這般，我再度向美容師請教如何化妝。

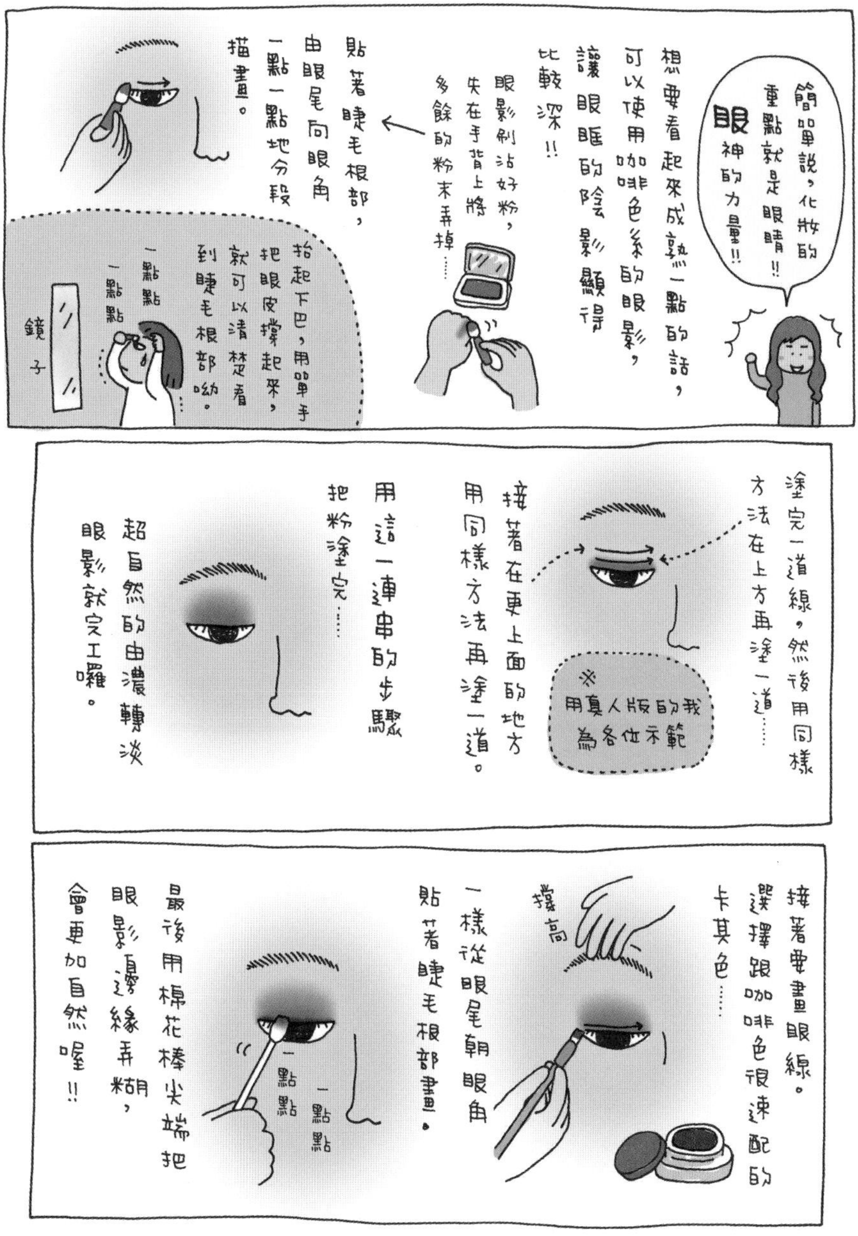
簡單說，化妝的重點就是眼睛!!
眼神的力量!!
想要看起來成熟一點的話，可以使用咖啡色系的眼影，讓眼瞼的陰影顯得比較深!!
眼影刷沾好粉，先在手背上將多餘的粉末弄掉……
貼著睫毛根部，由眼尾向眼角一點一點地分段描畫。
抬起下巴，用單手把眼皮撐起來，就可以清楚看到睫毛根部呦。
一點點
一點點
鏡子
塗完一道線，然後用同樣方法在上方再塗一道……
接著在更上面的地方用同樣方法再塗一道。
※用真人版的我為各位示範
用這一連串的步驟把粉塗完……
超自然的由濃轉淡眼影就完工囉。
接著要畫眼線。選擇跟咖啡色很速配的卡其色……
撐高
一樣從眼尾朝眼角貼著睫毛根部畫。
最後用棉花棒尖端把眼影邊緣弄糊，會更加自然喔!!
一點點
一點點

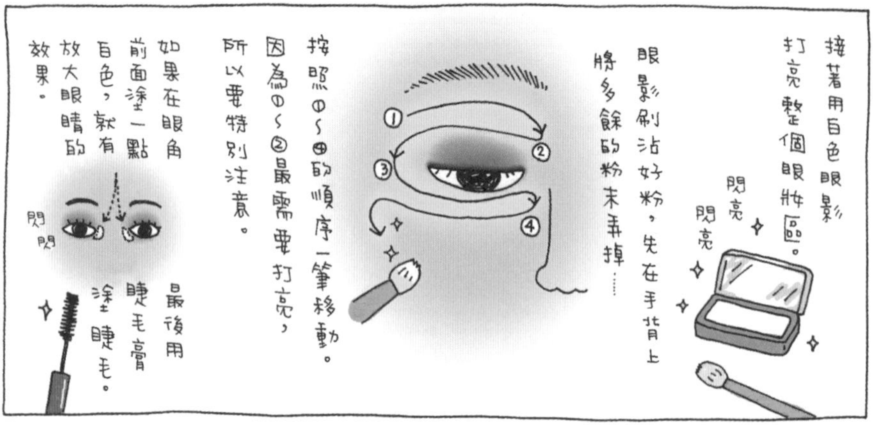
接著用白色眼影
打亮整個眼妝區。
閃亮
閃亮
眼影刷沾好粉，先在手背上
將多餘的粉末弄掉……
①
②
③
④
按照①～④的順序一筆移動。
因為①～②最需要打亮，
所以要特別注意。
如果在眼角
前面塗一點
白色，就有
放大眼睛的
效果。
閃閃
最後用
睫毛膏
塗睫毛。

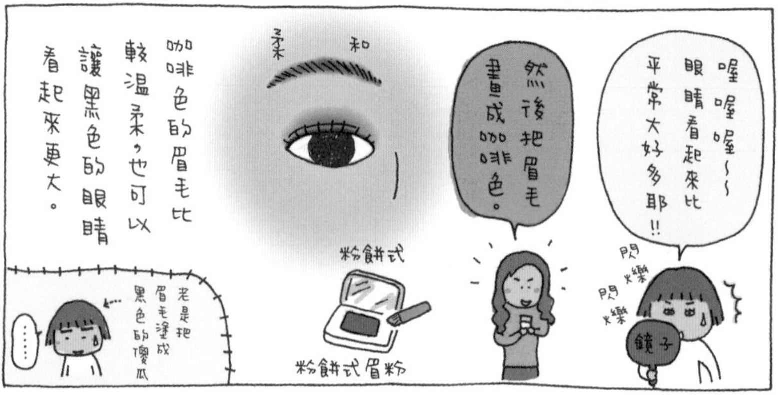
喔喔喔～～
眼睛看起來比
平常大好多耶!!
閃爍
閃爍
鏡子
然後把眉毛
畫成咖啡色。
粉餅式
粉餅式眉粉
柔
和
咖啡色的眉毛比
較溫柔，也可以
讓黑色的眼睛
看起來更大。
老是把
眉毛塗成
黑色的傻瓜
……

另外塗腮紅也
有訣竅喲!
這次使用
漂亮的粉
紅色。
如果想要成
熟一點，也可
以使用咖
啡色。
先在手背上
將多餘的
粉末弄掉……
咧嘴笑
咧嘴大笑時
兩頰的最高
處為起點
由裡朝外側
刷幾次。
把剩餘的粉塗在
下巴與鼻頭上，
整體看起來會更柔和。
塗太多的話，可能
會變成小鹿斑比，
要特別小心喲!!
酒糟鼻!?

如果要參加派對，可以使用珍珠咖啡色的口紅。
閃亮
最後塗上唇蜜……
強調眼妝時，口紅最好不要太濃!!
只要把握這些重點，整體形象就會大大改變呦~~
成熟風情!!
明明塗了很多層，卻沒有濃妝豔抹的感覺，真感動~
謝謝您的大恩
最後請美容師給小個子的女性們一點化妝上的建議……
我其實很羨慕小個子的女生，覺得她們很可愛呢……
不論高矮，符合當事人的形象最重要!! 請大家選擇符合個人特色的髮型、化妝與服飾，找出最適合自己的風格吧!!
啪 啪
偶像~
……就是這樣
學了好多髮型跟化妝的技巧哪~~ 嘿嘿嘿……
很想直接戴著剛化好的妝睡覺，不過因為對皮膚不好，還是卸下來了……
這樣明天的婚宴就萬無一失囉……真開心哪……
呼~~
咻~~

啾
啾

……可是第二天我卻睡過頭了。
哇咧~~~已經11點了!?
驚醒
2點一定要到名古屋，現在還穿著睡衣在東京咧，哇啊啊啊啊……
婚禮會場在愛知縣
快點換衣服啦，豬頭!!

如此這般，最後我還是跟平常一樣的淡妝&髮型
趕趕……趕上了……
啊哈~~
滑落
搖搖晃晃
名古屋站
淅瀝嘩啦
當天因為颱風快來了，還下著大雨……
嗯~~如果要漂亮登場，充分的準備時間是非常重要的啊……
唉……

結束♥

修改衣服的專家有多厲害呢??

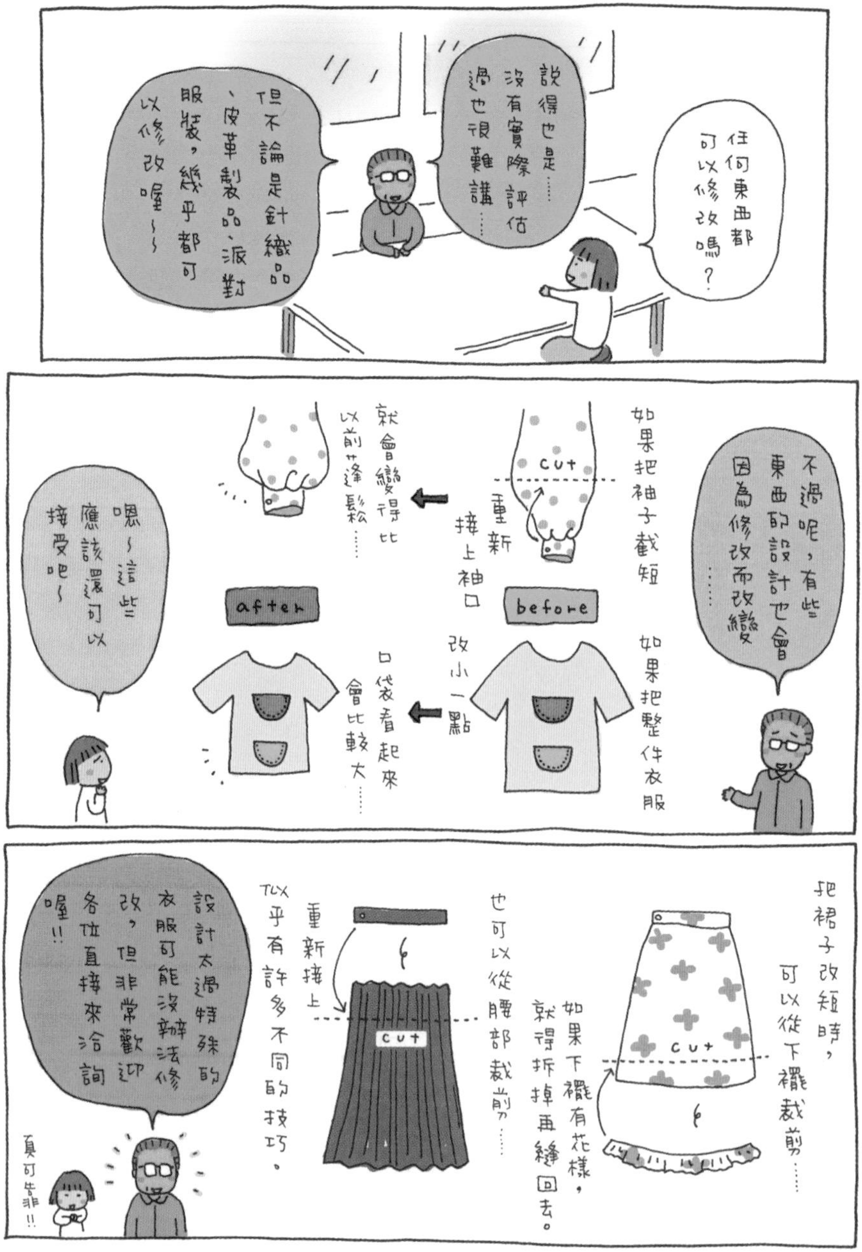
任何東西都可以修改嗎？
說得也是……沒有實際評估過也很難講……
但不論是針織品、皮革製品、派對服裝，幾乎都可以修改喔～～
不過呢，有些東西的設計也會因為修改而改變……
如果把袖子截短
cut
重新接上袖口
before
就會變得比以前蓬鬆……
after
如果把整件衣服改小一點
口袋看起來會比較大……
嗯～這些應該還可以接受吧～
把裙子改短時，可以從下襬裁剪……
cut
如果下襬有花樣，就得拆掉再縫回去。
也可以從腰部裁剪……
重新接上
cut
似乎有許多不同的技巧。
設計太過特殊的衣服可能沒辦法修改，但非常歡迎各位直接來洽詢喔!!
真可靠!!

於是，我也鼓起勇氣請專家幫我修改衣服。

★腰部太寬的百褶裙

裁掉的地方
接縫處
把這裡接到這裡

百褶裙改窄時，如果把「打褶部一起裁掉」，就可以改得很漂亮喲。因為這條裙子兩側有接縫，所以兩邊各裁掉一個褶。

兩側各縮3cm
共縮6cm

修改裙腰（側邊拉鍊式）

¥3.990

★整件過大的連身洋裝

袖口大概長了6cm吧
驚
嚇
差那麼多!?

我最在意它的肩寬，所以原本只想修改肩膀。但專家說如果不連腋下一起改，形狀會變得很奇怪。而且丈量過後，發現其他地方還是太大，最後改了一大堆……

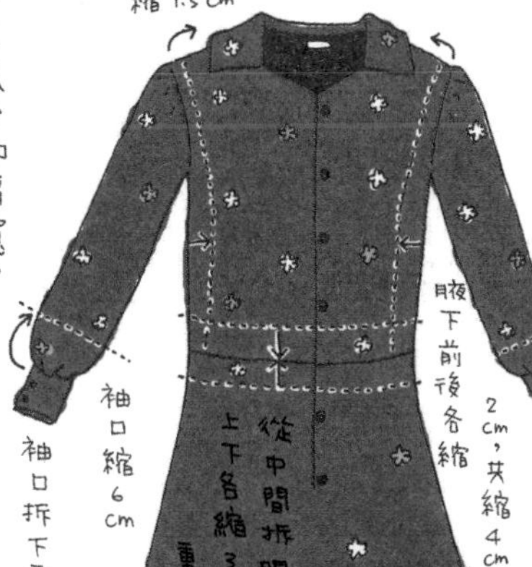

肩寬縮1.5cm
腋下前後各縮2cm，共縮4cm。
袖口縮6cm
袖口拆下重接
從中間拆開，上下各縮3cm後，重新縫合。

連身洋裝

改肩寬……	¥5,250
改腋下……	¥4,620
改袖口……	¥2,100
改長度……	¥4,725

總計 ¥16.695

衣服大約過了一個星期就改好了，我立刻試穿看看……
哇~~~!! 變得好合身耶。♥
剛好
喔耶~~ 喔耶~~
太好了哪~
以前還得用皮帶拚命綁住呢……
綁緊
更令我驚訝的是連身洋裝。
嘩~~~!! 好貼身了，
服貼 服貼 服貼
從頭到腳都好合身耶!!!
喔喔~~!!
果然還是合身的洋裝好看，穿起來也比較苗條，而且最令我感動的是……
嗚嗚嗚……搞不好這是我出生至今第一次穿這麼合身的洋裝呢~~
太感動了~~
須藤專家，謝謝您!!
別哭啦……
改那麼多地方，簡直就是為妳特製的嘛……

請專家修改衣服雖然不便宜，
但成品果然也不同凡響。
根本看不出來哪裡是改過的地方呢……
太神奇啦……
特別喜歡或者重要的衣服，這樣給專家好好修改也不錯嘛～
咔哩
咔哩
POP CORN

很多服裝店在買衣服時
都有提供修改折扣，
大家也不妨利用這種服務。
例如「丸井」的折扣……
（含稅價）

修改部位	一般價	購衣折扣價
褲子下襬	840～	免費～
褲子腰部	2100～	1260～
褲子褲襠	3150～	2520～
裙子腰部	2940～	2100～
腋下	1680～	1050～
裙子下襬	1890～	630～
夾克肩膀	5250～	3150～
夾克袖子	2100～	1050～
夾克下襬	2625～	1050～

如果是丸井的紅卡會員，購買時還可以再打五折。

如果覺得修改太麻煩，
當尺寸不合時，
還是需要……
這真的好可愛呦，但好像太了點……
嗯～
嗯～
SALE
磨磨
蹭蹭
買了以後可能會後悔，可是好便宜耶……
自言自語
放棄啦！
放棄的勇氣哪……
我是這麼覺得哩。
結束。

專為不想花錢修改衣服的讀者朋友們開設的
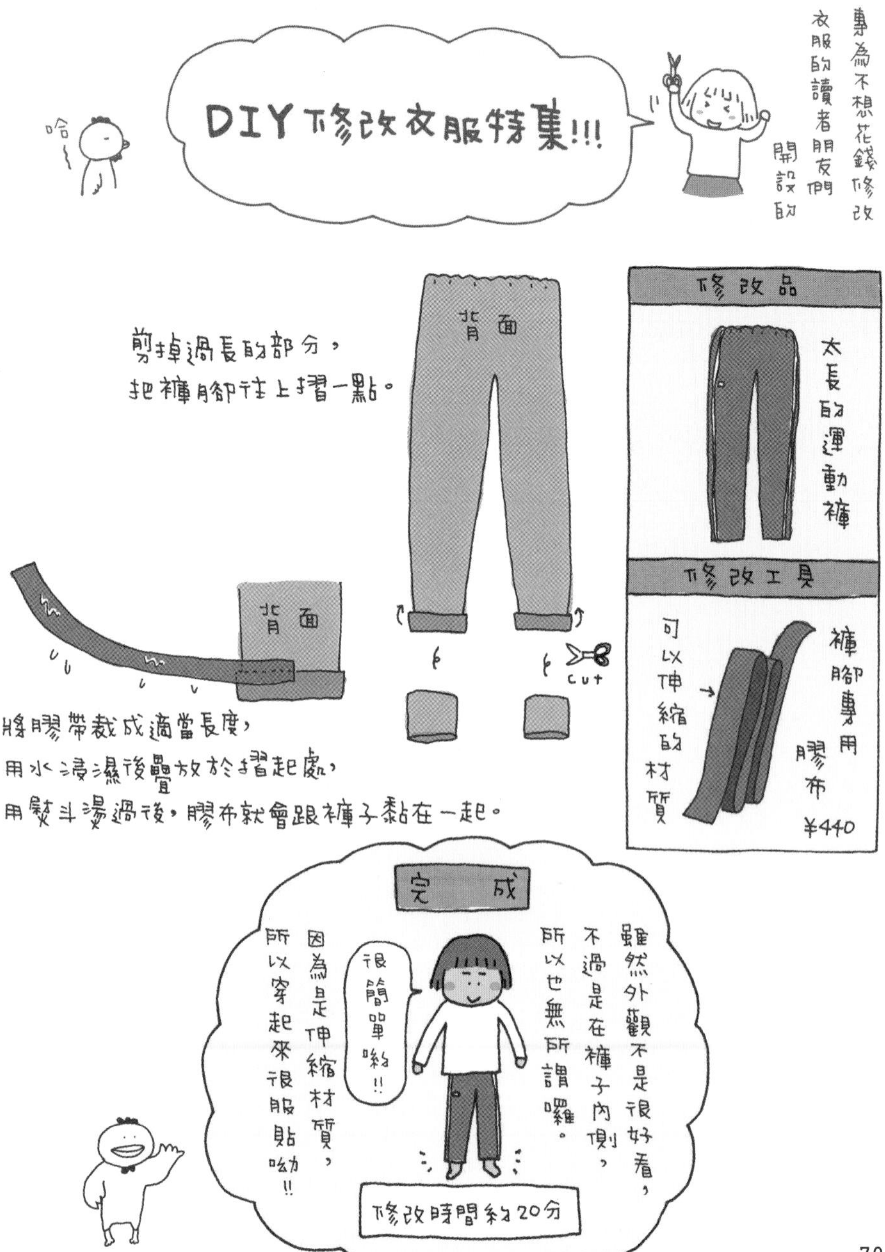

哈~
DIY修改衣服特集!!!
剪掉過長的部分，把褲腳往上摺一點。
背面
修改品
太長的運動褲
修改工具
可以伸縮的材質
褲腳專用膠布
¥440
背面
cut
將膠帶裁成適當長度，用水浸濕後疊放於摺起處，用熨斗燙過後，膠布就會跟褲子黏在一起。
完成
雖然外觀不是很好看，不過是在褲子內側，所以也無所謂囉。
很簡單喲!!
因為是伸縮材質，所以穿起來很服貼呦!!
修改時間約20分

把脖子的綁繩剪短接回
CUT
用剪刀裁掉太大的部分
CUT
CUT
做一個釦洞
不用腰繩，改縫上釦子
CUT
修改品
超大～
太大的圍裙
修改工具
布料專用黏膠
長褲·長裙改短專用!!
可以清洗的材質
附刮板
¥680
剪掉的部分用熨斗燙出摺痕，然後塗上黏膠。
塗的時候要小心不要擠到外面。
黏膠
一點一點
中間墊一塊布，再用熨斗壓住，讓它黏合。
滋
完成
黏膠塗過的地方才會變得比較硬，所以比較適合厚一點的布。
剛剛好～
沒有黏緊的話，清洗時就會綻開，要特別小心喔!!
修改時間約60分

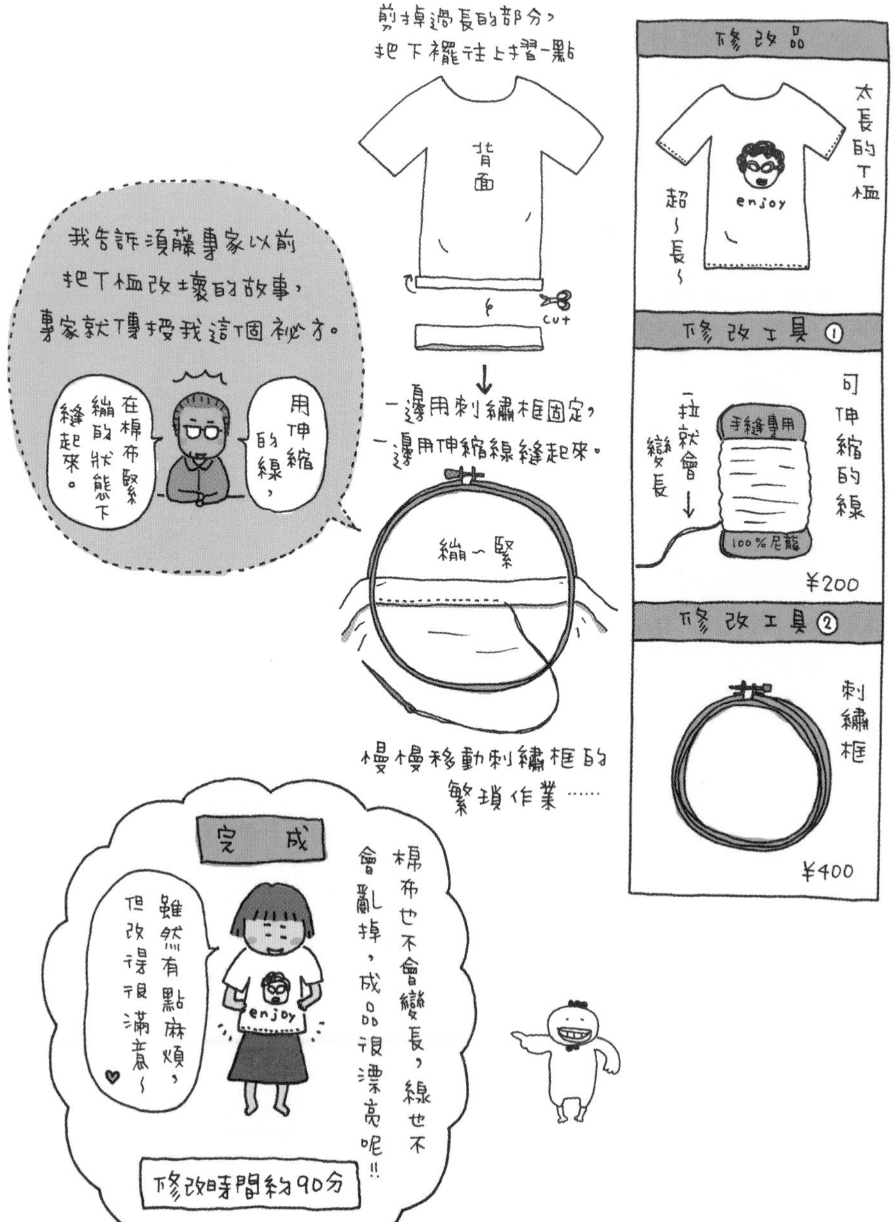
修改品
太長的T恤
超～長～
enjoy
修改工具①
可伸縮的線
一拉就會變長
手縫專用
100%尼龍
¥200
修改工具②
刺繡框
¥400
剪掉過長的部分，
把下襬往上摺一點
背面
cut
一邊用刺繡框固定，
一邊用伸縮線縫起來。
繃～緊
慢慢移動刺繡框的
繁瑣作業……
我告訴須藤專家以前
把T恤改壞的故事，
專家就傳授我這個祕方。
用伸縮的線，
在棉布繃緊的狀態下縫起來。
完成
雖然有點麻煩，但改得很滿意～
enjoy
棉布也不會變長，線也不會亂掉，成品很漂亮呢!!
修改時間約90分

把黏著膠帶夾在摺痕裡，用熨斗從上面壓住。
放在最靠近摺痕邊緣的地方
滋～
熨斗的熱度將膠帶溶解，變得像膠水一樣。
剪掉過長的部分，把下襬往上摺一點。
背面
cut
修改品
太長的印度棉布裙
修改工具
薄布專用黏著膠帶
水洗OK!!
半透明
¥450
完成
黏接面也不會太硬，成品非常自然呦。
想不到裙子變得如此合身，真是開心哩～♪
修改時間約40分
但是，如果自己改得不滿意，又拿去給專家修改的話……
哎呦～這是啥？
專家
黏住撕不開了啦～
……小心可能會發生這種慘劇。
結束。

向和服店打聽「可愛和服挑選祕訣」

最近出了許多漂亮和服的書籍，光看就令人陶醉不已……
真好耶～
好美呦～
抓
抓
KIMONO
聽說和服很適合小個子穿，
我也很想試試看，
所以就拜訪了和服店。
古董和服店
豆千代
滿心雀躍

進了店裡一看，
每件和服都好可愛哩……
老闆娘豆千代小姐
歡迎光臨～
哇！那件和服好可愛～
喔～這件和服也好可愛～
忍不住一直嘟囔著
「好可愛」!!

大正～昭和的古董和服有很多小尺寸，
所以只要是您喜歡的樣式，幾乎都找得到尺寸呦！
隨便我選嗎？
……聽見在一般服裝店裡
絕對不可能出現的台詞，
我高興得跳了起來。

我立刻開始試穿，真的幾乎每件都很合身呢。
哇～～
有點像小說家哩。
袖口長度剛剛好
素雅
這是妻子風格？
大方
鄉下姑娘？
亮麗
因為設計不同，給人的印象也跟著改變，很有趣呦。
嗯～～真不曉得該選哪件才好哩。
只要按照您平常買衣服的喜好選擇就好了，
還有就是您想給予別人什麼樣的印象。
想要正式一點
端莊
想要休閒一點
可愛
小個子是不是最好不要選太大的花樣？
風采被花樣搶光光
謝謝您
和服在花樣選擇方面應該沒有這種限制喔。不過大花樣比較適合年輕人，花樣越小，就越適合年紀大的人。
第一次買和服的話，最好先從簡單的花樣開始呦～

我從以前就一直很想擁有自己的和服，但如果連小配件都要買齊，會不會很貴呢？
腰帶啦
腰繩啦
襪子啦
襯衣啦……
購買小配件以前，可以先查看家裡的櫃子呦，
可能有不少寶藏!!
每個日本家庭應該都有和服，只要找一找，就會發現可以用的配件
也有很多人使用媽媽的舊配件……
最近也出了許多流行的新式配件，也可以將舊東西跟新東西混著穿。
和服跟腰帶是古董貨……
其他小配件則是新品
豆千代也有兩家和服店，分別販賣古董和服跟自行設計的新商品。
豆千代
古董
附近
摩登豆千代
新商品
思考如何搭配和服跟配件也很有趣呦。把和服當成一張畫布，在上頭繪製故事或景象。
花朵模樣的和服
音符的腰帶
小鳥腰繩
哇~~好像小鳥在快樂地歌唱呢~~♥
真是深奧~

不一定要拘泥於規則，不妨用遊戲的心情來穿吧。
正如豆千代小姐所言，店裡的小姐們都很開心地穿著和服。
穿和服其實自己來就可以呦～
我也沒有去上過穿和服的課呢
化妝跟平常一樣就好囉～
那我應該也沒問題……
哦～～
一直留有成人式的那種刻板印象
豪華燦爛
濃妝豔抹
我原本以為和服應該很不容易保養……
高級和服要好好收藏在桐木櫃裡……
平常穿的普通和服，只要穿過後吊掛一天，將髒污拭去後，摺起來收到一般的塑膠收納櫃裡就好了呦～
基本上，和服是不能下水的
但裡面穿的襯衣可以洗……
試穿了許多和服，我最中意的一件是……
哇～～我好喜歡這種配色～
好漂亮～
那種花紋叫做「鰹縞」喔～
就像鰹魚肉，顏色由深到淺的條紋模樣。

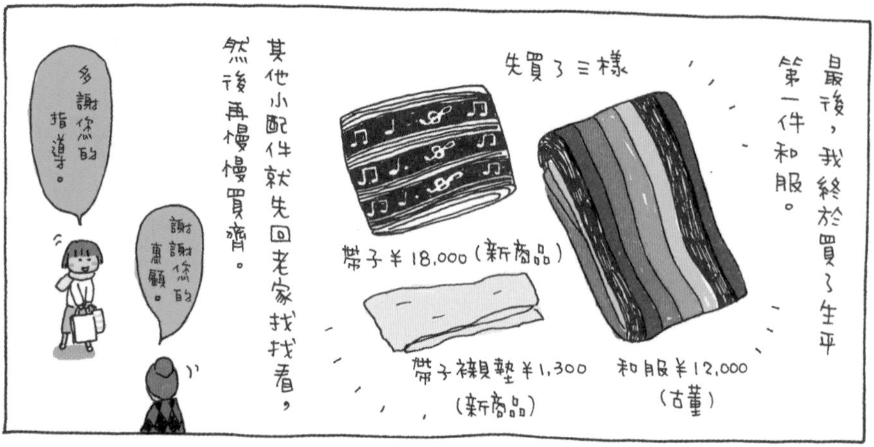
最後，我終於買了生平第一件和服。
先買了三樣
和服￥12,000（古董）
帶子￥18,000（新商品）
帶子襯墊￥1,300（新商品）
其他小配件就先回老家找找看，然後再慢慢買齊。
謝謝您的惠顧。
多謝您的指導。

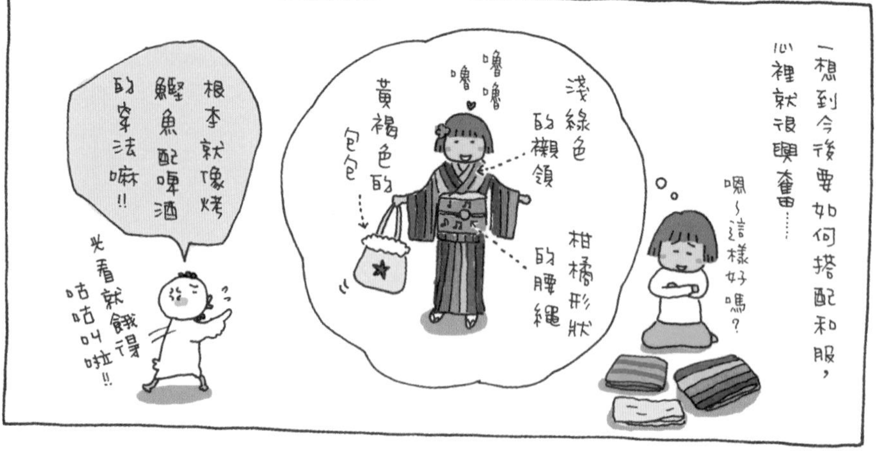
一想到今後要如何搭配和服，心裡就很興奮……
嗯～這樣好嗎？
淺綠色的襯領
柑橘形狀的腰繩
嚕嚕
黃褐色的包包
根本就像烤鰹魚配啤酒的穿法嘛!!
光看就餓得咕咕叫啦!!

結束。

Chapter.7

150 cm in 游泳池

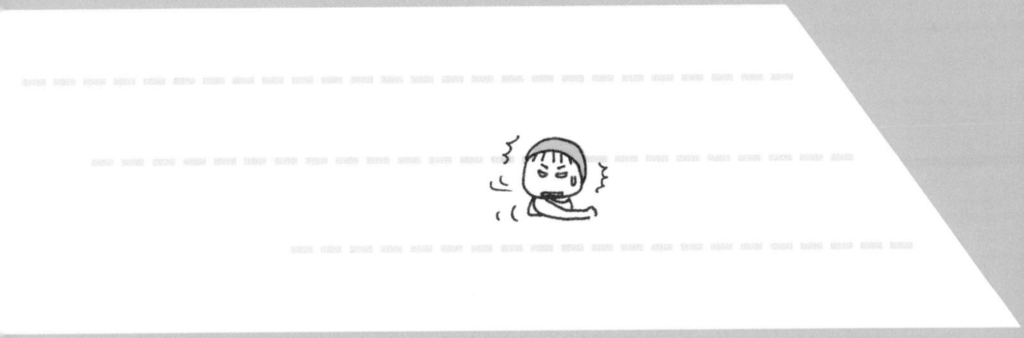

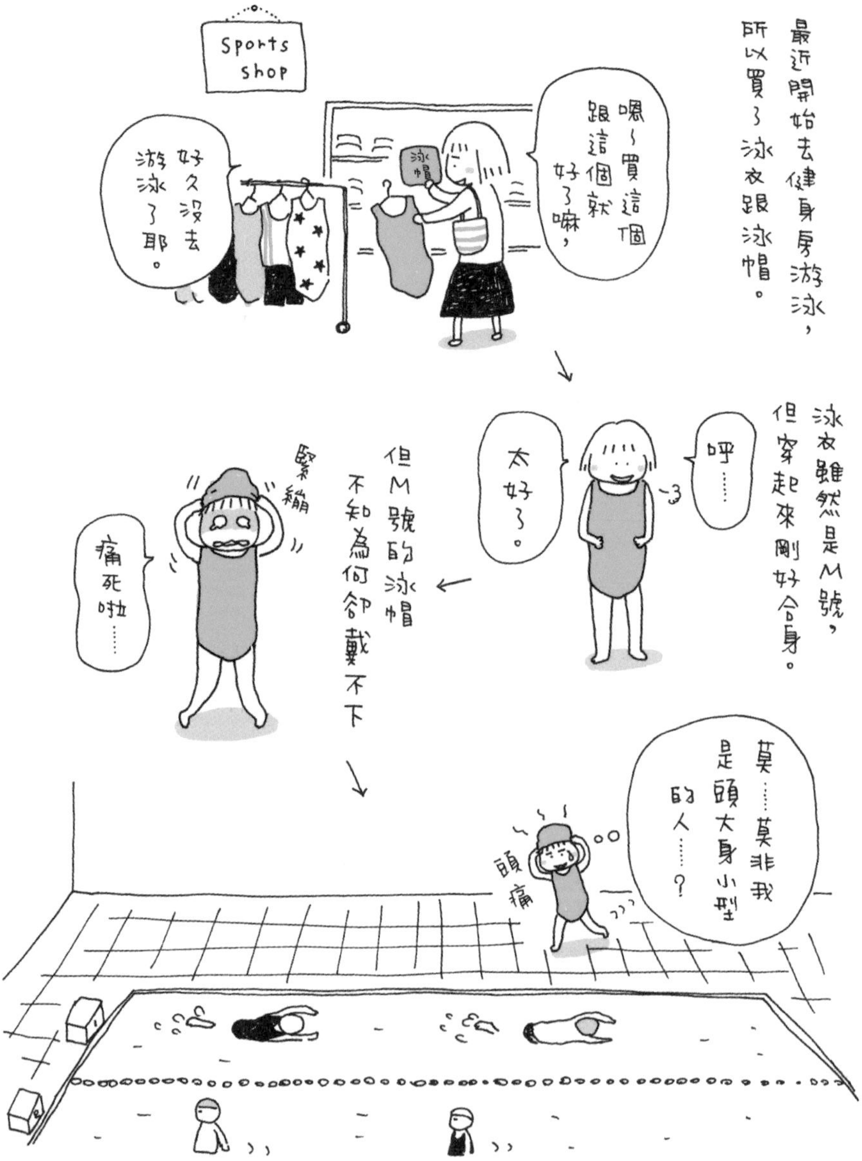
最近開始去健身房游泳，所以買了泳衣跟泳帽。
Sports shop
嗯～買這個跟這個就好了嘛，
泳帽
好久沒去游泳了耶。
泳衣雖然是M號，但穿起來剛好合身。
呼……
太好了。
但M號的泳帽不知為何卻戴不下
緊繃
痛死啦……
莫……莫非我是頭大身小型的人……？
頭痛

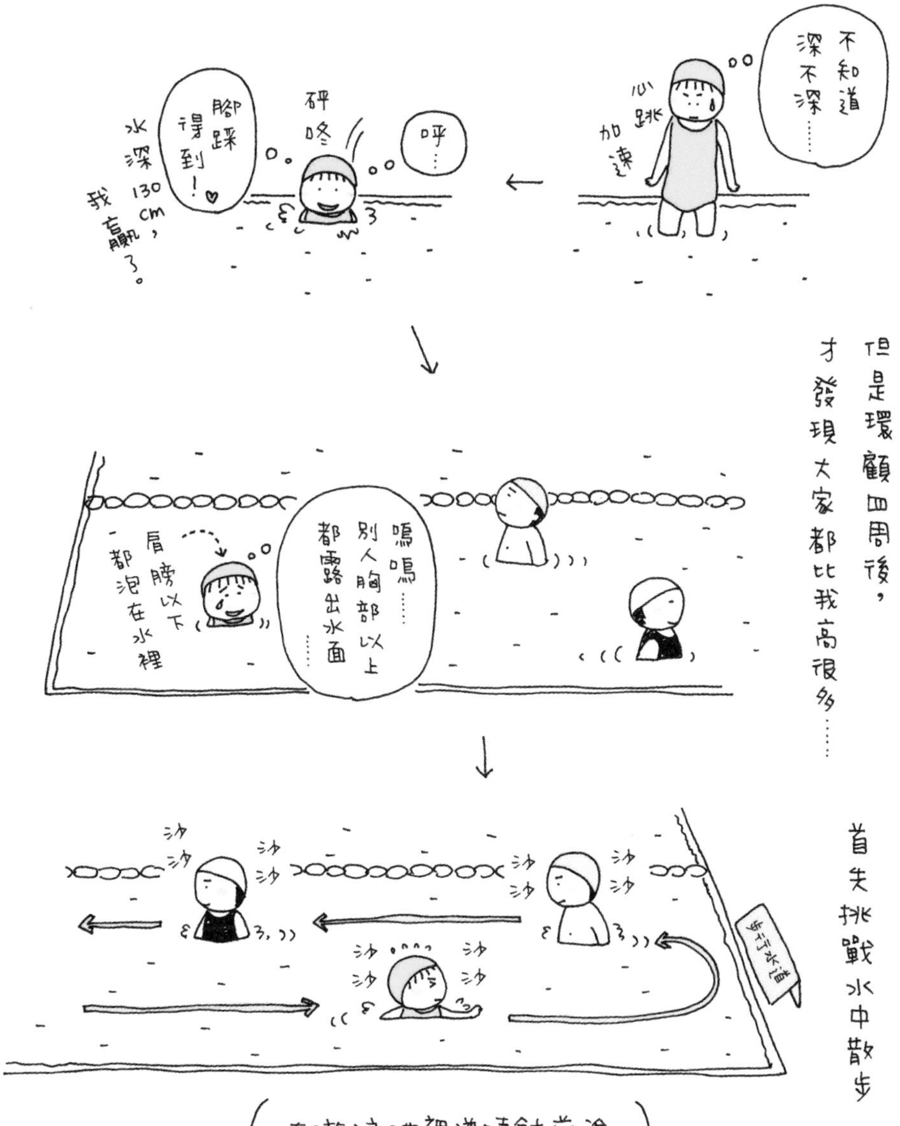

不知道深不深……
心跳加速
呼……
砰咚
腳踩得到！♡
水深130cm，我贏了。
但是環顧四周後，才發現大家都比我高很多……
嗚嗚……別人胸部以上都露出水面……
肩膀以下都泡在水裡
首先挑戰水中散步
沙沙
沙沙
沙沙
沙沙
沙沙
沙沙
步行水道
（在游泳池裡逆時針前進）

唉喲喂呀……水壓好強，
很難往前走耶……
沙沙
沙沙
驚
啊……啥!?莫非是我太慢!?
大塞車

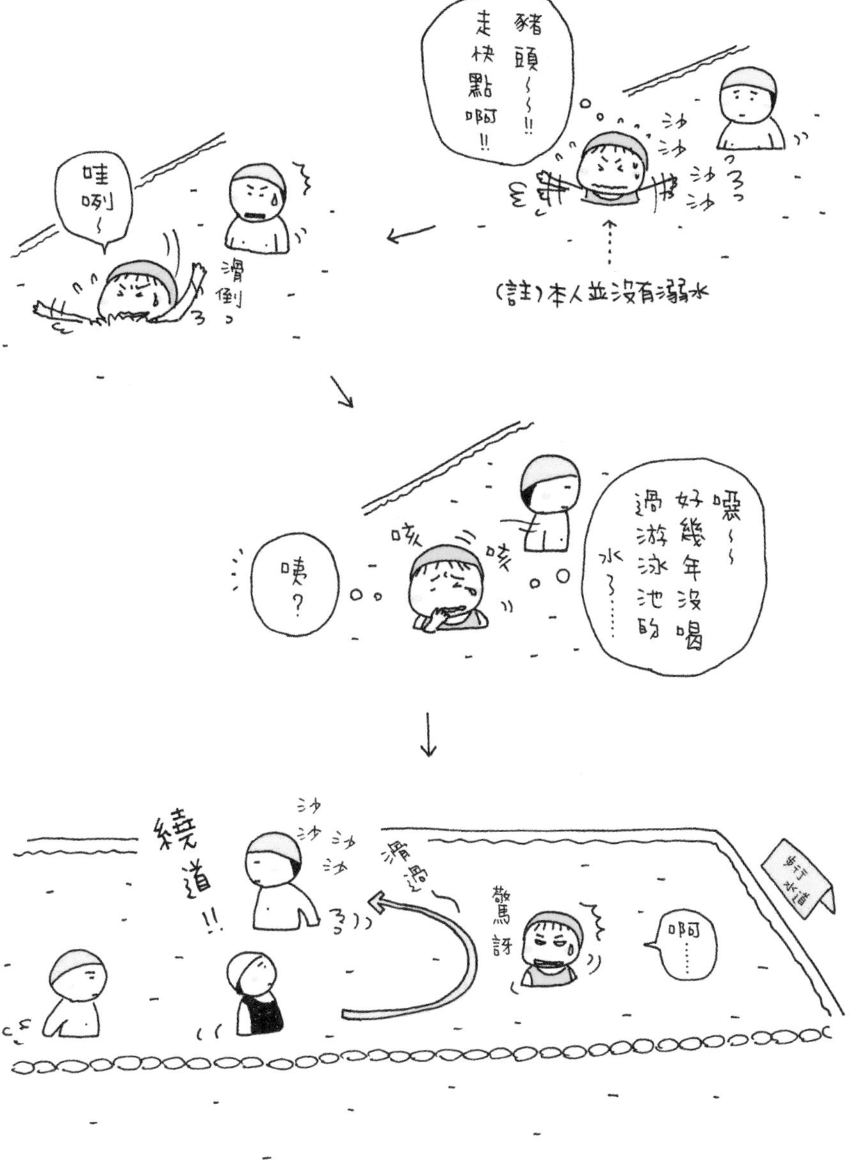
豬頭～～!!
走快點啊!!
沙沙
沙沙
(註)本人並沒有溺水
哇咧～
滑倒
噁～～
好幾年沒喝過游泳池的水～……
咳
咳
咦?
繞道!!
沙
沙
沙
沙
滑過
驚訝
啊……

什麼嘛！
我承受的水壓一定比較大～～！！
沙沙沙沙沙沙沙沙
水中散步大約30分鐘後上來……
啊……總覺得好沉重……
全身虛脫
G G G
好像又變矮了……
我回來了……喂……我有沒有變小了啊？
縮小了？
搖搖晃晃
啊……？
不是本來就很小嗎？

結束。

Chapter.8

150 cm 恐怖兜風記

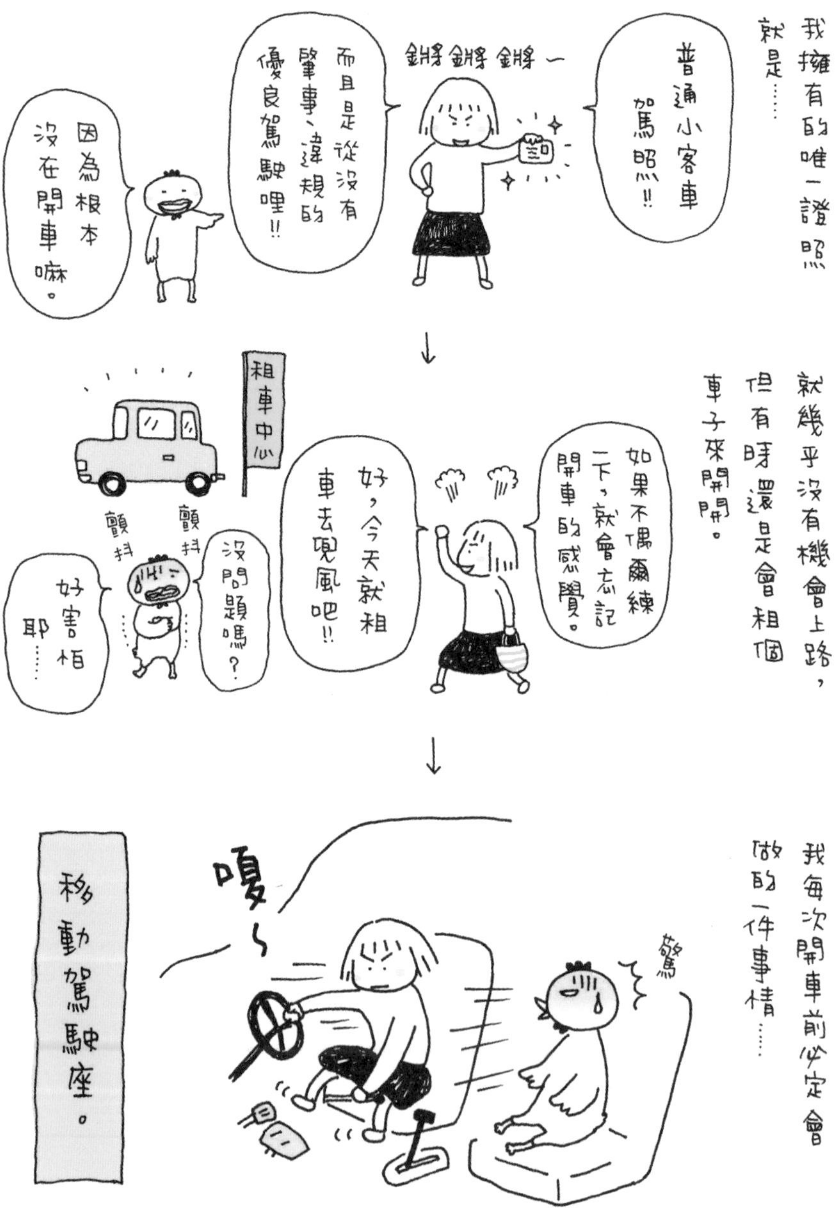
我擁有的唯一證照就是……
普通小客車駕照!!
鏘鏘鏘一
而且是從沒有肇事、違規的優良駕駛哩!!
因為根本沒在開車嘛。
一個人上東京生活後，就幾乎沒有機會上路，但有時還是會租個車子來開開。
如果不偶爾練一下，就會忘記開車的感覺。
好，今天就租車去兜風吧!!
租車中心
顫抖
顫抖
沒問題嗎？
好害怕耶……
我每次開車前必定會做的一件事情……
嘎～
驚
移動駕駛座。

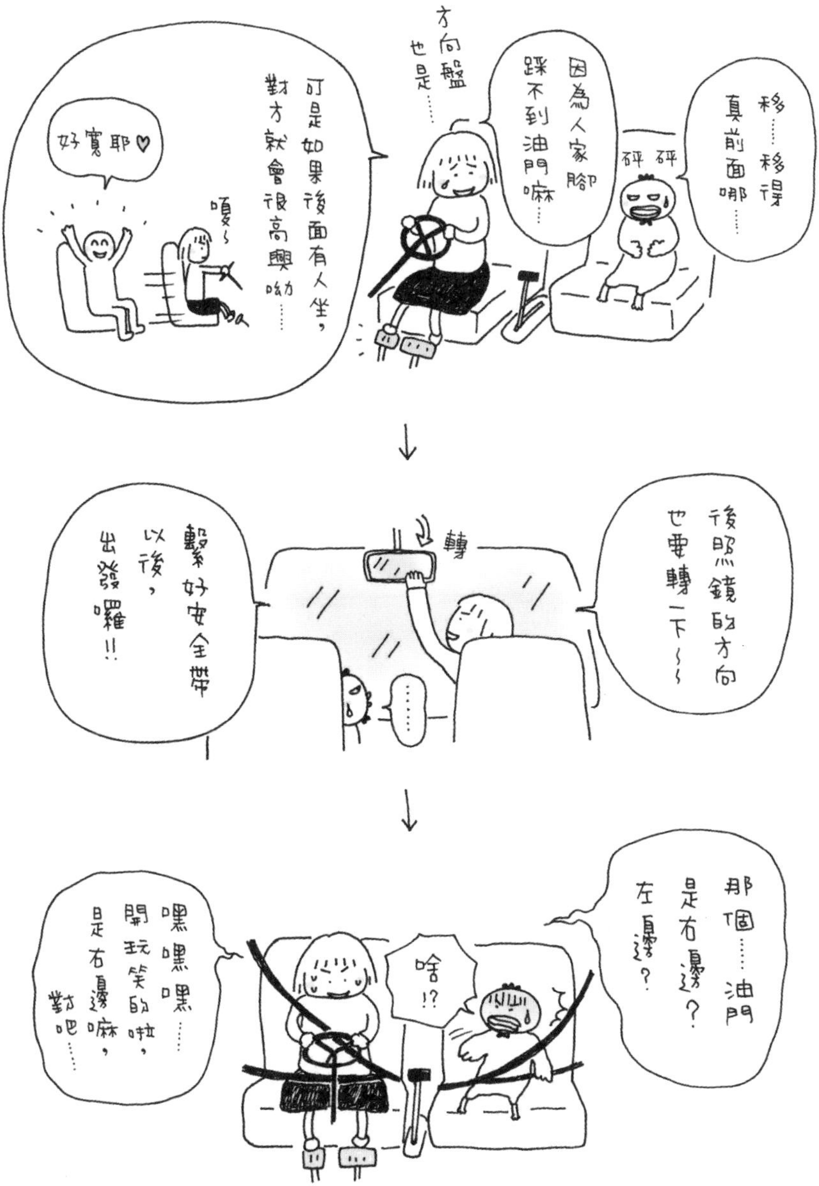
移……移得真前面哪……
砰砰
因為人家腳踩不到油門嘛……
方向盤也是……
可是如果後面有人坐，對方就會很高興呦……
好寬耶♥
嘎～
後照鏡的方向也要轉一下～～
轉
……
繫好安全帶以後，出發囉!!
那個……油門是右邊？左邊？
啥!?
嘿嘿嘿……開玩笑的啦，是右邊嘛，對吧……

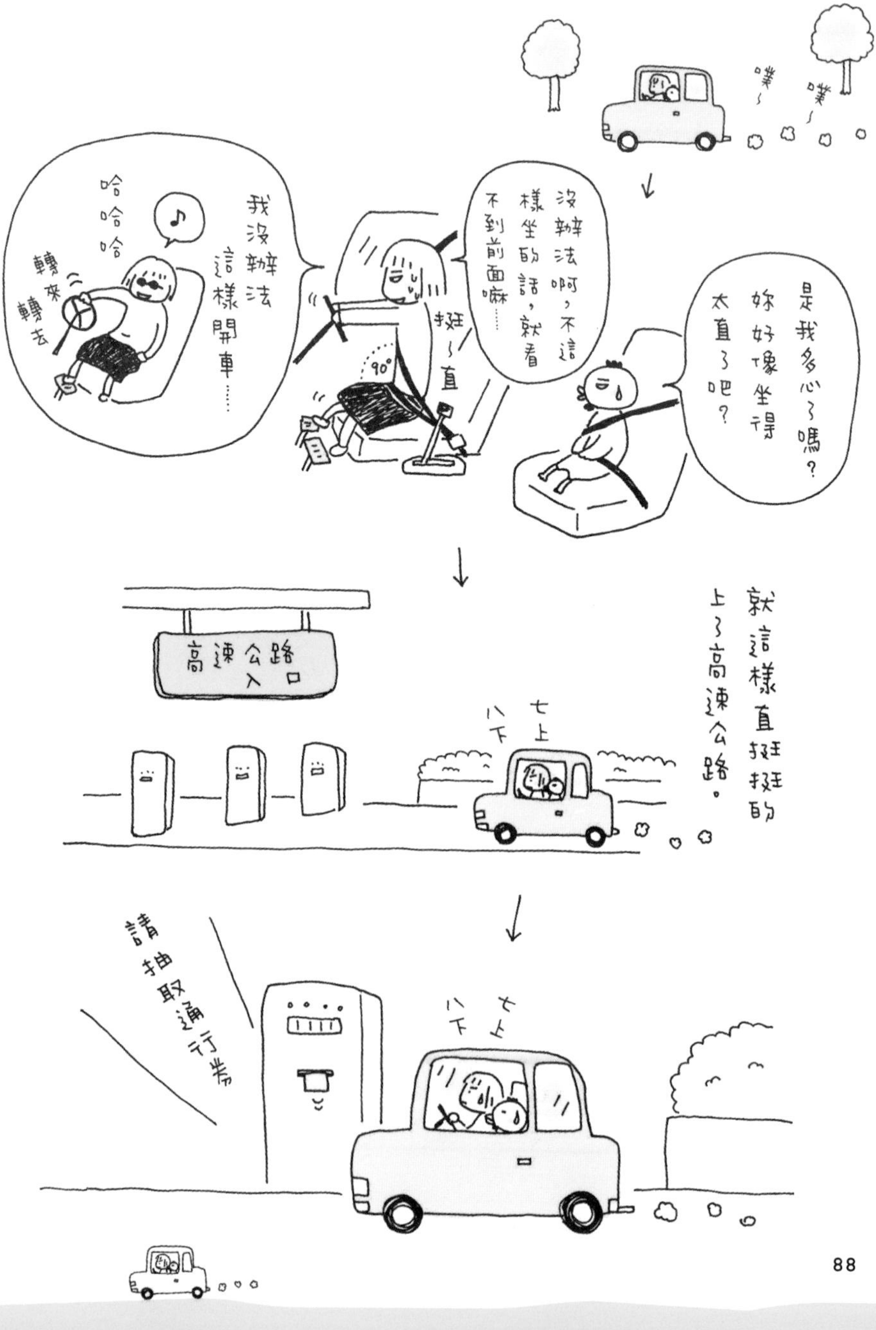
噗~
噗~
是我多心了嗎？妳好像坐得太直了吧？
沒辦法啊，不這樣坐的話，就看不到前面嘛……
挺~直
90°
我沒辦法這樣開車……
哈哈哈
轉來轉去
高速公路入口
七上八下
就這樣直挺挺的上了高速公路。
請抽取通行券
七上八下

唉喲喂呀～
人家拿不到啦!!
唰
停車的時候
為什麼不考慮
一下手臂長度……
真是的……
咔鏘
嗚嗚
真是
遜斃了……
轟～～
快熱送!!
膽顫
心驚
嘎～～
不過，總算安全
通過高速公路了。

免下車
餐廳
哈啊~~累死了~~
攤倒~~
我才累咧！
辛苦了……我去買個果汁喔。
喂~我買了烤魷魚哩~~♡
咦？人怎麼不見了……
奇怪……難道是去上廁所了？
魷魚要涼了啦
咦？

哈!原來妳在啊~
喏~給妳
剛才看不見耶。
你……你是故意的吧!
壞心眼!!
另外朋友經常會說……
咦~~!!聽說妳去兜風了,真的嗎!?
妳會開車喔!?
很難想像妳開車的樣子耶!!
是……是因為身高的關係……?
是臉的關係吧~
不會開車的臉……
結束。

玉蜀黍物語
星期三 1000圓
去看電影。
超級感動。
今天看了超棒的電影哩。
嚎啕大哭喔!!
ㄟ~~是什麼電影?
那個……
……咦?
……忘了啊
唉~健忘的雞……

Chapter.9

150 cm 倒車入庫

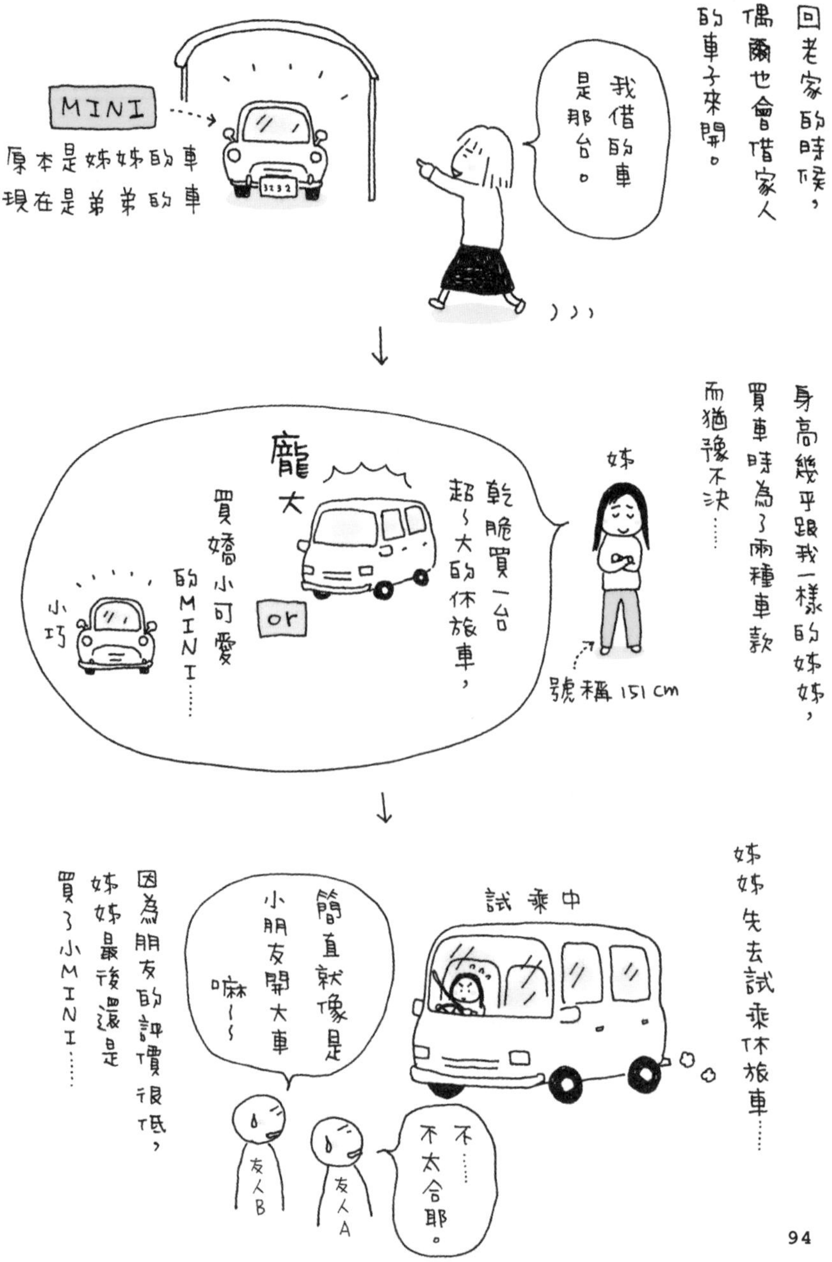
回老家的時候，偶爾也會借家人的車子來開。
我借的車是那台。
MINI
原本是姊姊的車
現在是弟弟的車
身高幾乎跟我一樣的姊姊，買車時為了兩種車款而猶豫不決……
姊
乾脆買一台超～大的休旅車，
龐大
or
買嬌小可愛的MINI……
小巧
號稱151cm
姊姊先去試乘休旅車……
試乘中
簡直就像是小朋友開大車嘛～～
不……不太合耶。
友人A
友人B
因為朋友的評價很低，姊姊最後還是買了小MINI……

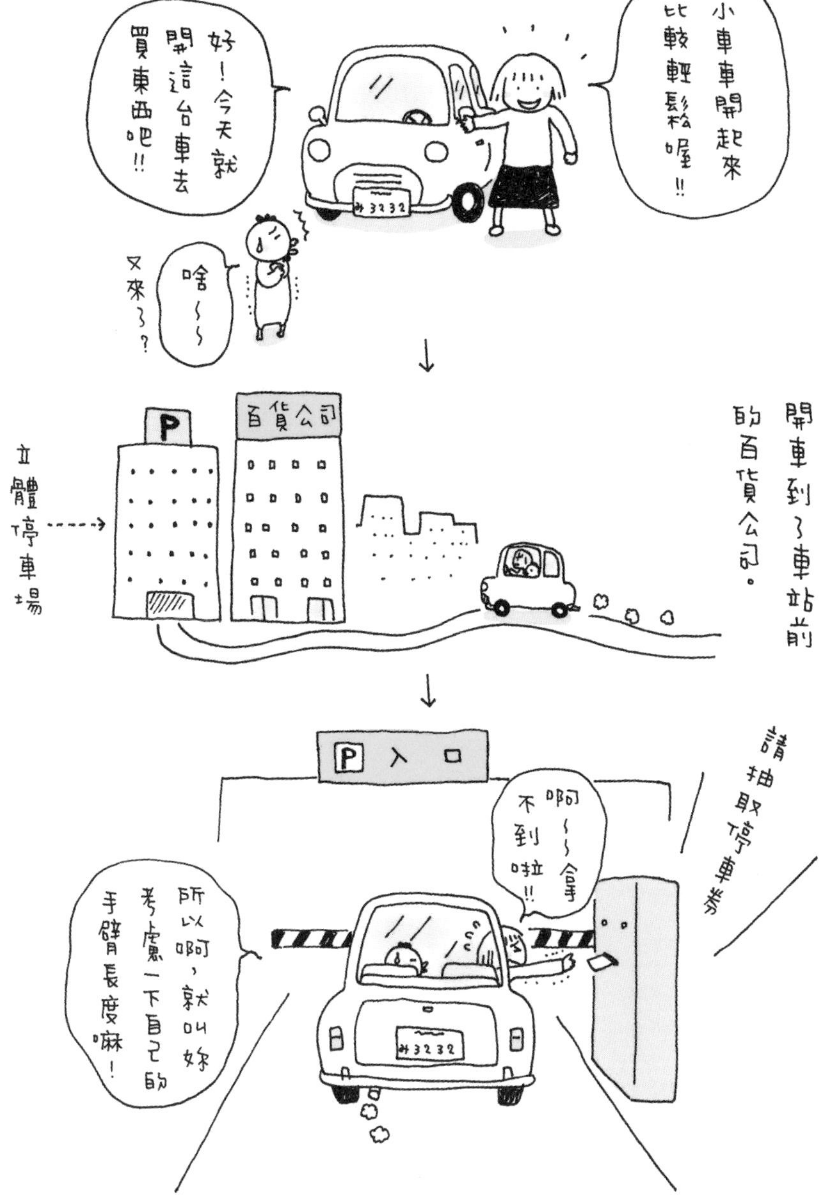
小車車開起來比較輕鬆喔!!
好!今天就開這台車去買東西吧!!
啥~~
又來了?
如此這般,開車到了車站前的百貨公司。
百貨公司
P
立體停車場
P 入口
請抽取停車券
啊~~拿不到啦!!
所以啊,就叫妳考慮一下自己的手臂長度嘛!

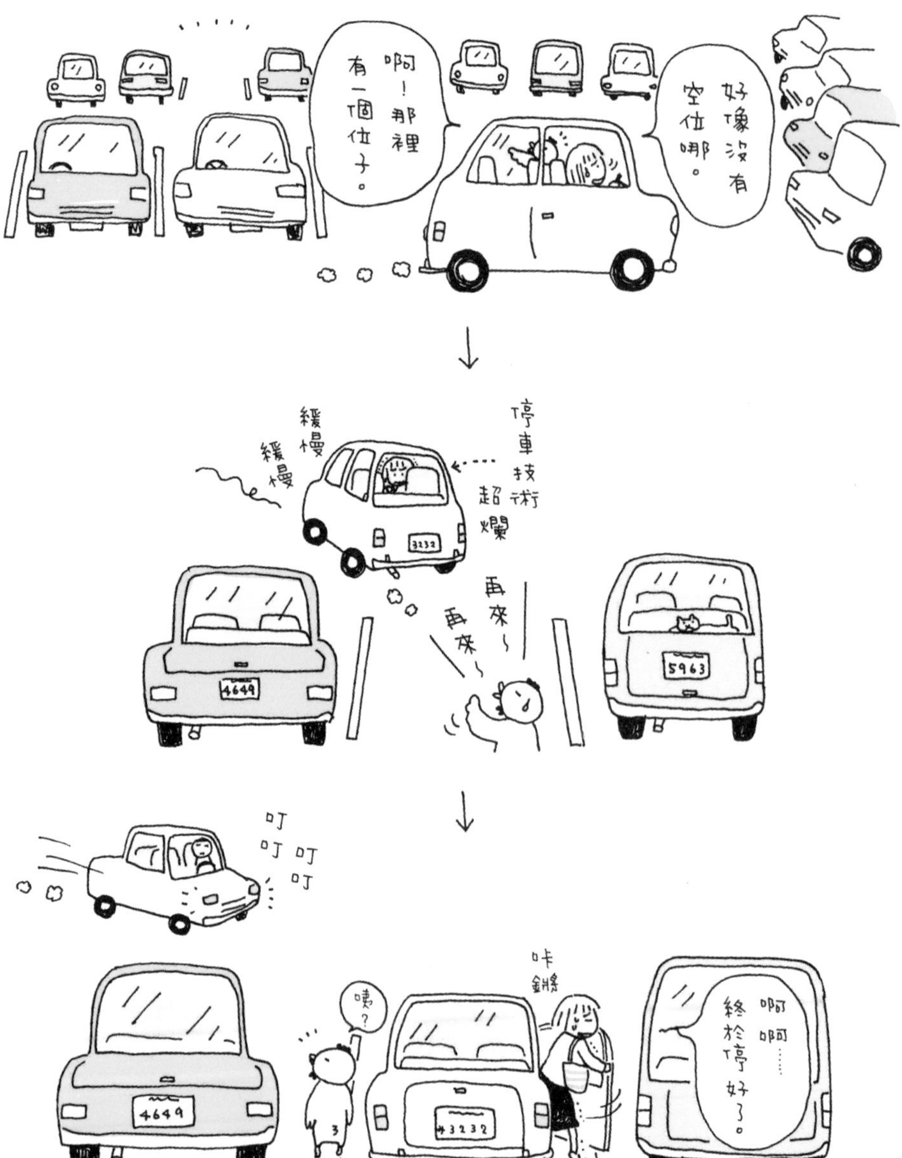
好像沒有空位哪。
啊！那裡有一個位子。
停車技術超爛
緩慢緩慢
再來～再來～
叮叮叮叮
咔鏘
咦？
啊啊……終於停好了。

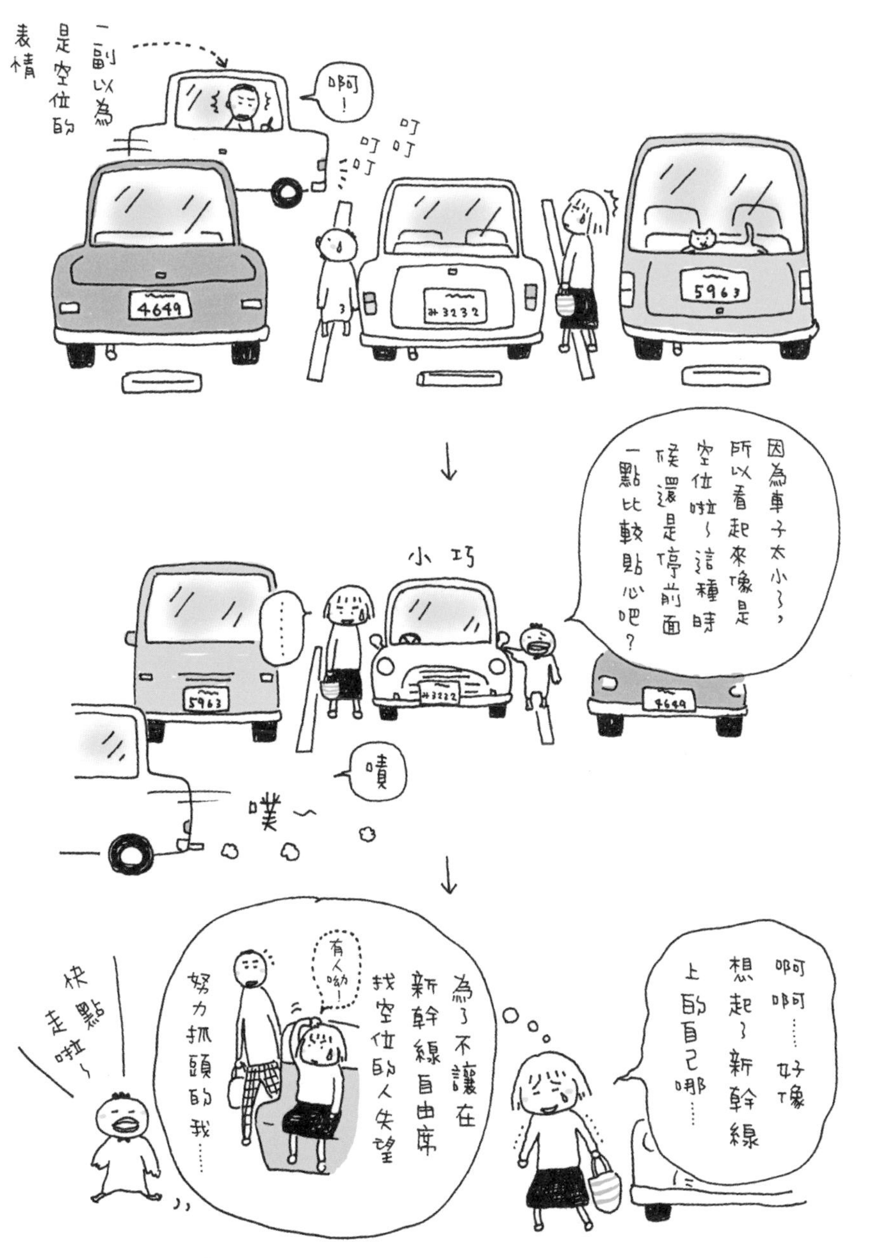
一副以為是空位的表情
啊！
叮叮
叮叮
叮叮
4649
み3232
5963
因為車子太小了，所以看起來像是空位啦～這種時候還是停前面一點比較貼心吧？
小巧
……
5963
み3232
4649
嘖
噗～
快點走啦～
為了不讓在新幹線自由席找空位的人失望努力抓頭的我……
有人呦！
啊啊……好像想起了新幹線上的自己哪……

洗車的時候也很傷腦筋……

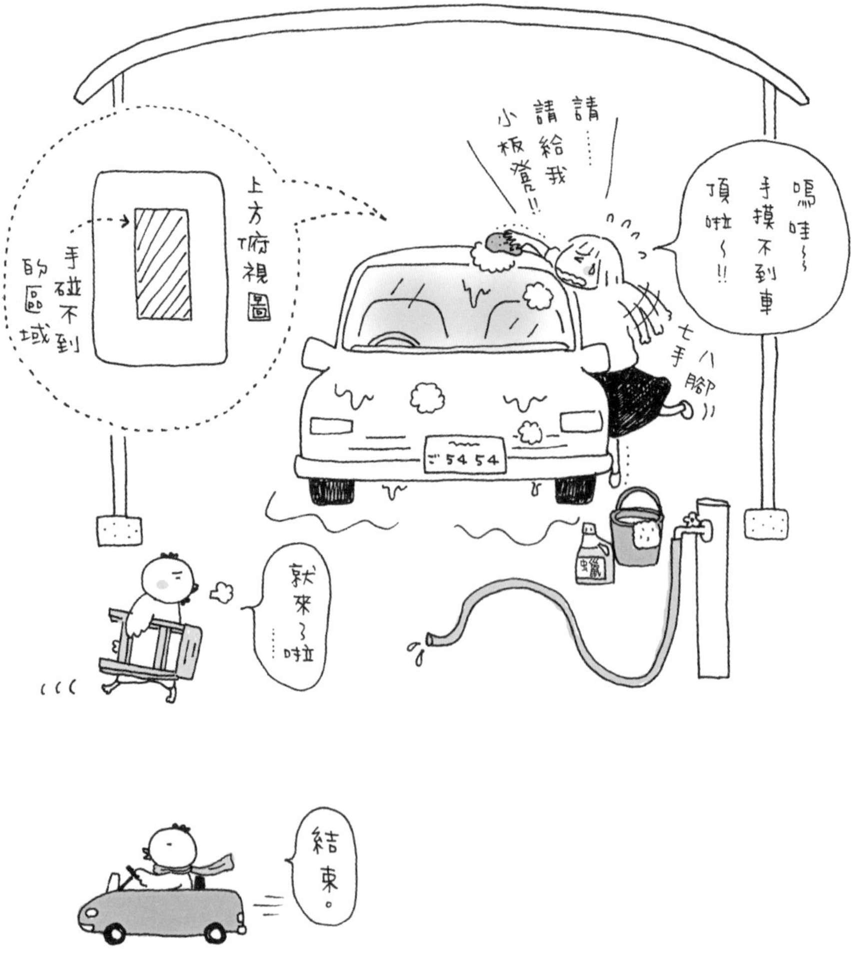

墊腳關鍵時刻

把包包掛到
廁所門上的掛鉤。

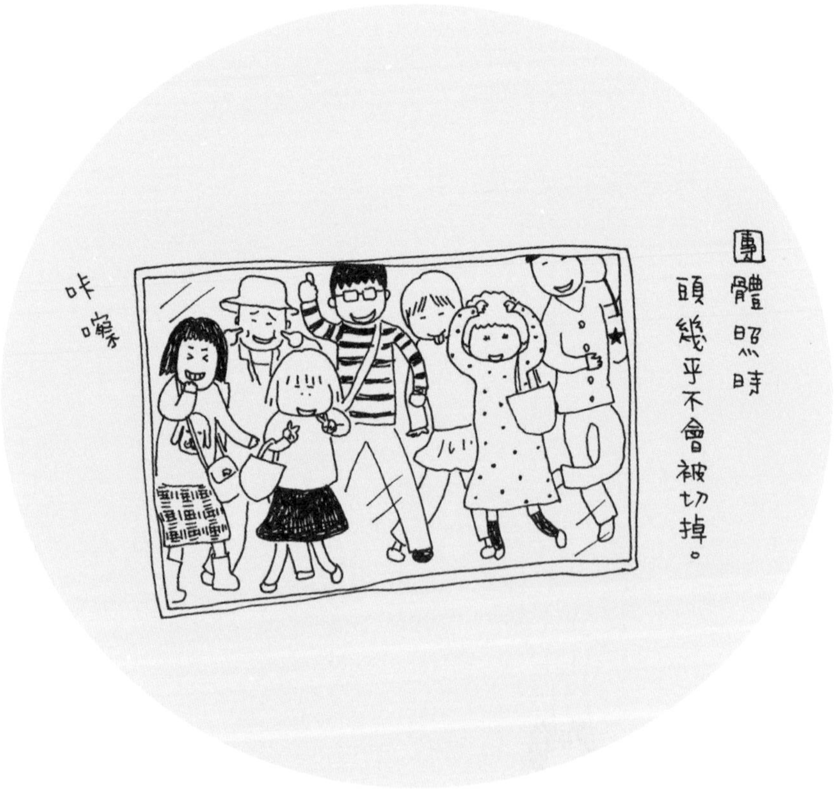

團體照時
頭幾乎不會被切掉。
咔嚓

Chapter.10

150 cm in 炎炎夏日

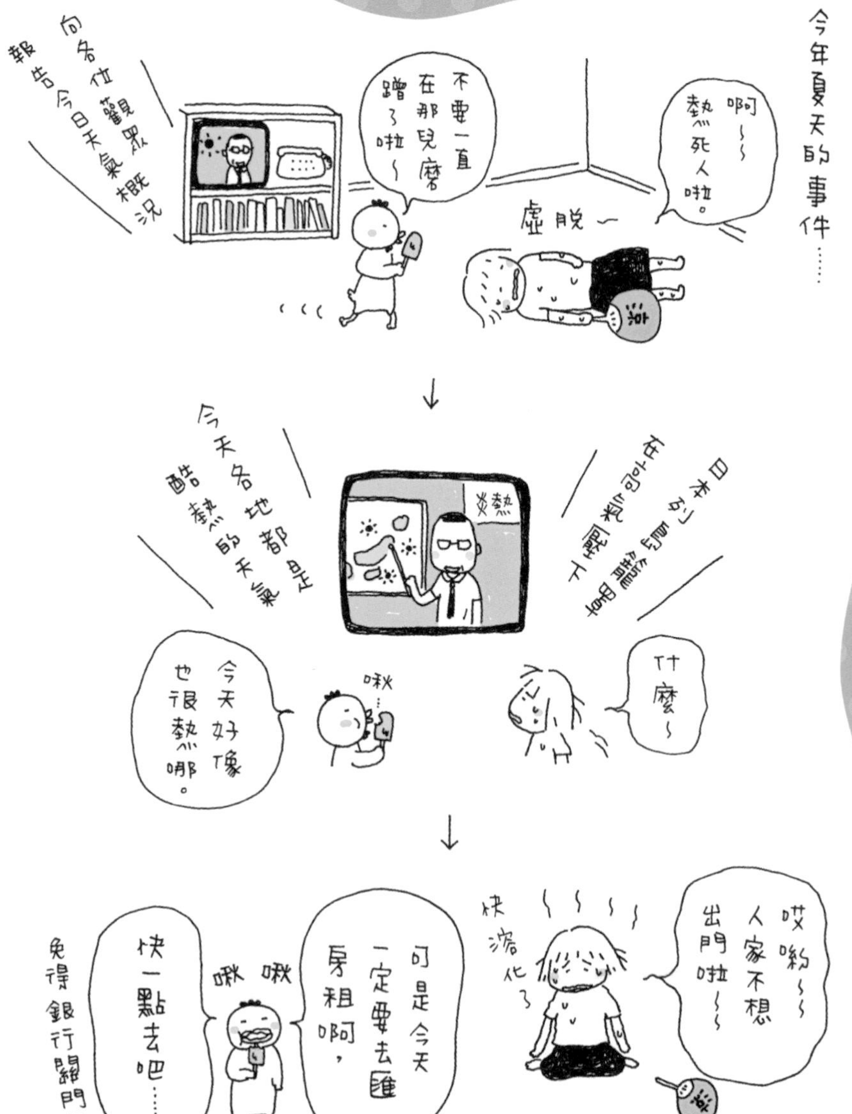
今年夏天的事件……
啊～～熱死人啦。
虛脫～
不要一直在那兒磨蹭了啦～
向各位觀眾報告今日天氣概況
日本列島籠罩在高氣壓下
今天各地都是酷熱的天氣
炎熱
什麼～
今天好像也很熱哪。
啾……
哎喲～～人家不想出門啦～～
快溶化了
可是今天一定要去匯房租啊，
啾 啾
快一點去吧……
免得銀行關門囉

所以帶小朋友外出的觀眾請特別留意
中暑
雖說種天氣下，地面越近，氣溫就越高
對啊……還是快去吧……
咦？
噢～
刺眼
刺眼
跟一般人相比，我感受的氣溫更高囉……
這麼說來……
是這樣嗎？
悶熱
悶熱
香菸
真真可憐哪……
不過至少比那傢伙好一點哪……
哈～ 哈～
悶熱
悶熱

炎熱
啪嚓
天啊~~竟然要在這麼熱的地方等紅燈~~!!
震驚
(沒有地方遮陽!!)
躲到高個子的影子裡……
……
悄悄~~
我在這時的必殺技巧……

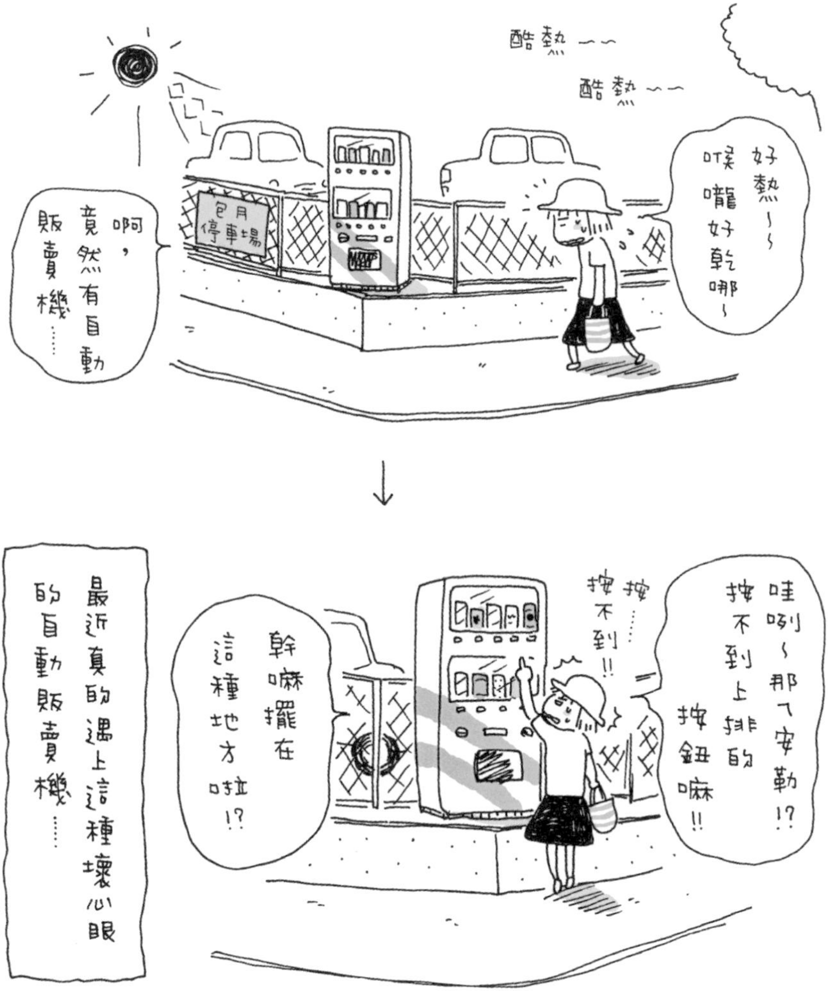
酷熱～～
酷熱～～
好熱～～
喉嚨好乾哪～
包月停車場
啊，竟然有自動販賣機……
最近真的遇上這種壞心眼的自動販賣機……
哇咧～那ㄟ安勒!?
按不到上排的按鈕嘛!!
按按……
按不到!!
幹嘛擺在這種地方啦!?

這……這種機器要怎麼買呢……？
第一種方法 爬到上面
咔嚓
咚隆
第二種方法 繞到後面
咔嚓
包月停車場
咚隆
刺眼
刺眼
西瓜銀行
晃搖晃搖
快撐不住啦……
快點匯完錢回家去吧……

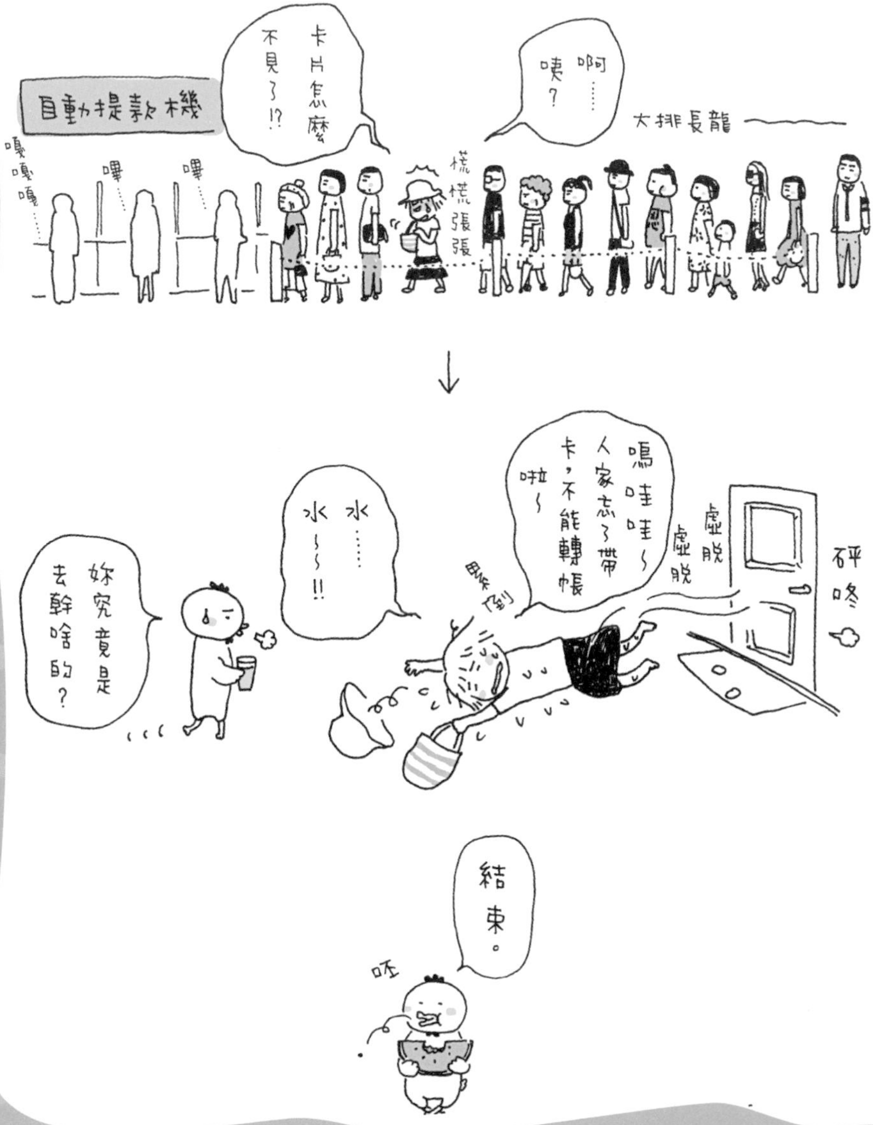
自動提款機
卡片怎麼不見了!?
啊……咦?
大排長龍
嘎嘎嘎……
嗶……
嗶……
慌慌張張
嗚哇哇~人家忘了帶卡,不能轉帳啦~
虛脫虛脫
砰咚
跌倒
水……水~~!!
妳究竟是去幹啥的?
結束。
呸

＊譯註：下方有暖爐、上方可以蓋毛毯的一種日式矮桌。

Chapter.11

150 cm with 175 cm

第一天

約在車站見面
最近有個高個子的朋友從老家來東京玩。
朋友
好久不見~
……妳還是一樣高耶。
……妳還是一樣小耶。
175cm
150cm
回家途中……
看起來好像很重呢……
我幫妳拿一個吧？

拍謝啦……背得動嗎？
喂……
肩帶看起來好長咧……
沒……沒問題……
拖著走……
不過有點難走……
這裡三樓喔。
最後終於到了我家。
打擾了~
哇~感覺不錯嘛~
是……是嗎？快上來吧。
請坐~
唰唰

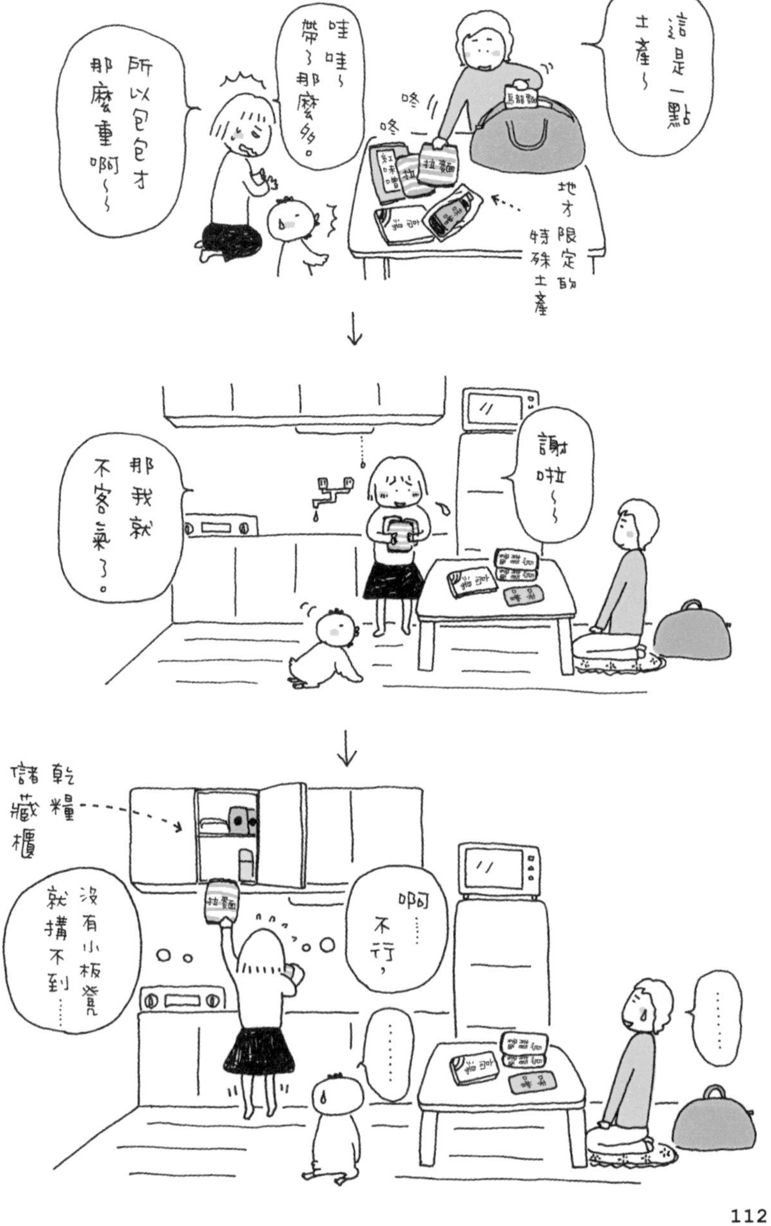
這是一點土產~
咚
咚
地方限定的特殊土產
哇哇~帶了那麼多。
所以包包才那麼重啊~~
謝啦~~
那我就不客氣了。
乾糧儲藏櫃
啊……不行，
沒有小板凳就搆不到……
……
……

啊⋯⋯真的?
拍謝⋯⋯
噢
沒關係,我幫妳放吧~
這樣放就好了嗎?
嘿咻
嘿咻
啥~~不用小板凳就可以摸到櫃子最上層咧~~
軟倒
振作點!!
幾乎快撞到房門
行李先放這裡呦。
有高個子的人在,總覺得房間也變得不太一樣了,真是不可思議啊⋯⋯
回~想~中~
我的情況
空空盪盪
砰

我平常注意不到的灰塵，搞不好她都看得一清二楚哩……
嘀咕嘀咕
可能喔。
例如燈罩上方啦……
窗簾杆的頂端啦……
?
然後夜漸漸深了……
差不多該洗澡了吧。
妳先去洗吧~~
嗯~那我先去洗囉~
平常朋友來我家過夜的時候……
妳穿這件睡衣吧。
哇~謝謝。
朋友
我都會提供睡衣，但……

那個……
拍謝……
因為尺寸差太多了，沒辦法借妳……
啊，沒關係啦~我自己也有帶呢。
小不隆咚……
終於洗好澡了……
呼~好清爽。♥
那睡覺了吧。
嗯。
唰~
唰~
喔喔~連洗手台都跟平常不太一樣……
還向前彎腰咧……
我的情況
挺直腰桿
結束。

幫朋友拿掉沾在頭上的灰塵。

Chapter.12

150 cm with 175 cm

第二天

第二天，跟來我家住的朋友一起出去。
那麼～我們走囉。
路上小心。
看家雞
一起走下公寓的樓梯時……
要不要去澀谷？
咦!?
這裡的天花板很矮？
嗯……是啊……
雖然不至於撞到，但還是怕怕的……
以前根本不曉得我家公寓有這種缺點……

我們悠悠哉哉地
在澀谷「血拼」。
SHOP
啊
可以去看
那間店嗎？
嗯，
可以啊～
看到小尺碼服飾店，
我就忍不住想進去逛逛。
這件衣服
好可愛耶。♡
小尺碼
啊，很適合
妳嘛。
但對高個子的朋友來說，
那種店的衣服都太小件了。
咔鏘
咔鏘
♪
所以我選衣服的時候，
她大多在看小飾品一類
的東西。

而一旦看到大尺碼服飾店，我朋友也會忍不住想進去看看。
喂~~妳覺得這件好嗎？
大尺碼
啊，不錯嘛。妳穿看看啊？
這時就輪到我看小飾品
雖然想逛的店不一樣，但可以進到自己平常不會逛的店，也很有趣哩。
超~長~
嗯~雖然不太適合我
但這種衣服也不錯呢……
而且啊，如果跟身高一樣的朋友去逛街……
啊，這件好可愛!!
抓
啊，真的好可愛!! 可惡~被她先搶走了!!
有時也會發生這種事件。因此，不用擔心跟對方搶衣服真的很輕鬆呢。

還會發生不可能在自己身上出現的事……
不行啦~~這件褲子太短了~~
試穿中
啥!?
太……太短了!?
虧我很喜歡呢，真~可~惜
我去換下來囉……
原來世界上還有這種事情哪……
好可憐呢……
真想把我割下來的部分送給妳哩……
一大截
逛了許久，午餐時間到了。
肚子好餓呢~
那裡有很好吃的義大利餐廳喔~~

雖然衣服的喜好不同，
午餐卻叫了相同的東西。
請來兩份B套餐。
是。
菜單
但是……
我們身高差那麼多，吃相同分量的東西真的不要緊嗎……
嗯～暴飲暴食？
?
……有時也會出現這種複雜的心情。
結束。
咯

我家老爸是這麼說的……
個子小的人壽命比較長喔~~
金婆婆跟銀婆婆*就是這樣!!
呼~~
真的嗎……
*譯註：日本的長壽雙胞胎名人

後　記

身材嬌小的人們，
有人覺得「我喜歡自己的小個子」，
也有人覺得「我對自己的身材很自卑」。
至於我自己，可能是因為天生大剌剌的個，
所以覺得「反正自己天生就是這樣囉」，
沒有特別討厭或喜歡，一直過著普通的生活。
因為我身材不高，所以有時很不方便，也會被人取笑，
但我還是覺得「嗯～那也是無可奈何的事嘛」，
並不會放在心上，笑笑就讓它過去了。
每次看到身材高䠷、玲瓏有致的模特兒，也會覺得「嘩～身材真好♥」，
但如果自己也是那種身材，總覺得有點兒不大協調，

我覺得自己還是現在這樣最稱頭哪～
（雖然這也可能是「習慣」的問題……）
況且，又不是「想要再高一點」就真的會長高，
雖然個子不高，至少現在身體都很健康，
構不到的時候就挺直腰桿兒，
希望今後也可以繼續過著快樂的150cm Life囉～

最後，這次接受訪問的各位朋友，
謝謝你們在忙碌之餘還如此大力配合。

2004年11月　高木直子

Titan 138

150cm Life ②

高木直子◎圖文
常純敏◎譯
中文手寫字◎張珮萁

150cm Life ② / 高木直子◎圖文 常純敏◎譯
二版 . -- 台北市　大田，民 110
面；公分 . --
ISBN 978-986-179-682-6
861.6　　110012186

出版者：大田出版有限公司
台北市 10445 中山北路二段 26 巷 2 號 2 樓
E-mail：titan@morningstar.com.tw
大田官方網站：http://www.titan3.com.tw
編輯部專線（02）25621383　FAX（02）25818761
【如果您對本書或本出版公司有任何意見，歡迎來電】
行政院新聞局版台字第 397 號
法律顧問：陳思成律師

總編輯：莊培園
副總編輯：蔡鳳儀
行銷編輯：陳映璇
行政編輯：林珈羽
視覺構成：BETWEEN 視覺美術
初版：2006 年（民 95 年）二月二十日
二版初刷：2021 年（民 110 年）十一月十二日
定價：新台幣 260 元

讀者服務專線：（04）23595819
讀者傳真專線：（04）23595493
讀者專用信箱：service@morningstar.com.tw
網 路 書 店：http://www.morningstar.com.tw（晨星網路書店）
郵 政 劃 撥：15060393（知己圖書有限公司）
印　　　刷：上好印刷股份有限公司

填回函雙重贈禮
①立即送購書優惠券
②抽獎小禮物

國際書碼：978-986-179-682-6　CIP：861.6/110012186
Printed in Taiwan

啊……
腳麻掉了……
僵掉
嗚嗚嗚……
抽痛
抽痛
嗚……
抽痛
抽痛
呼~~